MICHEL RENOUARD

I0662748

LA JAVA DES VOYOUS

ROMAN POLICIER

Editions Jean-Paul Gisserot

EDITIONS JEAN-PAUL GISSEROT
editions@editions-gisserot.eu

© Editions Jean-Paul Gisserot, 2017 pour la présente édition numérique.
Première édition en 1996 aux Editions Alain Bargain. Elle avait été précédée d'une prépublication en feuilleton des sept premiers chapitres dans la revue Lettres de Bretagne.
ISBN : 9782755805956

J'ai renoncé à la profondeur. Il y a, Dieu merci, assez d'écrivains qui donnent le vertige.

Henri Béraud

Caress the details, the divine details.

Vladimir Nabokov

PRINCIPAUX PERSONNAGES

Ahmed, Comorien, compagnon de Marie-Suzanne de Branthome.

Anne-Soleil, Martiniquaise, camionneuse préposée au transport des concombres, compagne de Loupette.

Berbérac (Jean-François de), maire de la ville.

Blaustrumpf von Wittlich (docteur Heinrich), psychiatre-astrologue, ami du président de la République.

Bocard (Léon), adjoint du commissaire Gabacho, spécialiste des explosifs et des armes à feu.

Bouchemaine (Isabelle), professeur d'aïkido, épouse de Pierre Bouchemaine..

Bouchemaine (Pierre), polyglotte, professeur de sanskrit à l'université Boris-Vian.

Bouillon (chanoine Jules), exorciste, bras droit du cardinal-archevêque.

Branthome (Marie-Suzanne de), ancienne ursuline, patronne du bar-restaurant « La Java Bleue ».

Gabacho (Marcel), commissaire de police.

Guizot (docteur Julie), chef du service de réanimation cardiaque à l'hôpital Lyautey.

Loupette, étudiante, amie d'Anne-Soleil.

Michou, peintre en bâtiment, amant du docteur Guizot.

Parkinson, agrégé de lettres et docteur d'État, ancien taulard, anarchiste.

Pige-que-Couic, adjudant, puis adjudant-chef.

Rachel, ancien cheminot, président des *Homos du Rail,* directeur du bar gay « Le Bulgare ».

L'action se passe dans la capitale du crachin, dans les dernières années de l'ère Mitterrand.

Ce roman est évidemment dédié à mon père Pierre Renouard (1910-1993) qui, pendant quatre-vingt-trois ans, promena son regard amusé sur le monde.

Tenir entre les mains le manuscrit de ce roman a été une de ses dernières joies.

M.R.

Prologue

Slips : dix-neuf. Blue-jeans : trois. Blousons : quatre. Chemises : huit. Chaussettes : neuf. Une cravate pour les réceptions et soutenances de thèse. Sans oublier la brosse à dents et le rasoir électrique. D'un œil clinique, Pierre Bouchemaine contemple le maigre contenu de sa valise, cette même valise qui, en d'autres temps, l'a suivi dans les rutilants palaces d'Inde, de Ceylan et du Népal. Survivre exigera peu de choses.

Bouchemaine fait jouer le loquet de sa valise, la soulève avec une facilité qui surprend le grand voyageur qu'il a été. Douze kilos à peine, alors que la moindre mission en Asie réclamait vingt bons kilos, sans compter le fourre-tout facile à glisser sous le siège de l'avion.

Il jette un dernier regard amoureux sur cette pièce qui, pour un court instant, constitue encore son univers. Les trois mille livres qui, en rangs serrés, montent la garde pour ce qu'il croyait devoir être l'éternité. Les rares bibelots ramenés de ses voyages. Les piles de dossiers en souffrance et qui, dès lors, ne seront jamais triés. C'est lui, Bouchemaine, qui désormais sera en souffrance. Par habitude, il tire les rideaux bleus de sa bibliothèque afin d'éviter que le soleil, rarissime il est vrai, ne ternisse la polychromie de ces livres qui, déjà, ne sont plus les siens. Un coup d'œil au beffroi de l'hôtel de ville lui confirme qu'il est temps de lever l'ancre.

À cinquante ans, Pierre Bouchemaine, professeur de sanskrit à l'université Boris-Vian, a décidé de larguer les amarres en ce pluvieux 19 janvier. Son statut d'universitaire lui garantit, certes, une petite rente mensuelle, laquelle servira à payer les traites de cet appartement bourgeois du XVIIIe siècle situé en face de la mairie. Même s'il se mue en clochard, ses titres l'empêcheront d'appartenir à la caste la plus basse. Mais l'heure des vaches maigres a sonné.

Bouchemaine descend, sans se retourner, l'escalier de l'immeuble, puis se rend au proche parking, où sa vieille Renault bleue achève de pourrir. C'est elle, pourtant, qui le conduira vers cet hôtel que fréquentent les chauffeurs de poids lourds aux bras richement tatoués. Personne n'ira le chercher dans ce rendez-vous ouvrier dont il a, quelques jours plus tôt, visité les étages avec un pincement au cœur. En mettant le contact, sa main glisse contre sa poche, où une lettre, arrivée le matin même, signe ce moment d'un message tout chargé d'ironie : le document du ministère l'informant qu'il vient d'être promu Professeur de classe exceptionnelle. Gueux de classe exceptionnelle aurait mieux convenu.

Midi sonne à travers les parasites de son auto-radio quand il s'engage, sous une pluie battante, sur le boulevard de la Liberté. Ainsi prennent fin, sans coups de cymbales ni roulements de tambour, les dix-neuf années de son mariage. Quelque 6 300 jours de cohabitation, auxquels il aurait cependant fallu soustraire les missions en Afrique et en Asie, les conférences à travers l'Europe, les colloques et les soutenances de thèse. Bouchemaine est un collègue apprécié, toujours prêt à sauter dans un train pour participer in extremis à un jury ou à une commission inutile. La voiture s'arrête aux feux, sous un pont de chemin de fer, à hauteur d'un bar curieusement appelé "La Java Bleue". "Mon pauvre Bouchemaine", souffle-t-il en allumant sa quarantième cigarette de la journée, "tu n'es pas sorti de l'auberge".

L'auberge, justement, est au bout de l'avenue. Il s'arrête derrière un poids lourd, et son cœur devient plus léger.

1

Le commissaire Marcel Gabacho jeta un regard attristé sur le dossier qui occupait le centre de son bureau. L'enquête, à l'évidence, piétinait. Depuis six mois qu'il traquait, avec son entêtement de Basque pyrénéen, les dealers de la ville, aucun élément décisif n'était apparu au dossier. La drogue, en l'occurrence, était d'un type nouveau. Du jour au lendemain, elle avait rendu ringards le shit prolétarien et la marijuana estudiante. L'ecstasy, disait-on, décuplait la libido de ceux qui en prenaient. Un des nombreux informateurs de Gabacho lui avait fait parvenir la photocopie d'un document ultra-confidentiel de l'archevêché : tout en respectant le secret de la confession, plusieurs ecclésiastiques avaient cru de leur devoir de signaler à la hiérarchie une augmentation spectaculaire des péchés de la chair au cours des derniers mois. Dans le même temps, les sexologues de la cité -qui avaient bâti leur réputation et leur fortune dans la lutte contre l'impuissance de la cinquantaine -, se retrouvaient soudain, faute de clients, à deux doigts du dépôt de bilan.

Gabacho, qui n'aimait pas les intellectuels était, dans

son for intérieur, persuadé qu'il s'agissait d'une filière étudiante. Mais les deux universités et divers instituts de la ville comptaient 50 000 étudiants. Autant chercher une aiguille dans une botte de foin. Le commissaire était d'ailleurs un fonctionnaire trop consciencieux pour se contenter d'une seule hypothèse. Par le biais de sa fille unique, Diane, étudiante de sanskrit à la faculté des lettres, il avait bien essayé d'en savoir plus sur les mœurs sexuelles des étudiants, mais celle-ci, par malchance ou par hérédité maternelle, était encore moins portée sur le sexe que sur les études. Par le truchement d'une pulpeuse amie arabe, il avait aussi tenté de découvrir si les étrangers de la ville boudaient le couscous ou le curry pour l'ecstasy, mais il avait fait chou blanc.

Un seul élément nouveau était apparu au cours de ces longs mois d'enquête. Un de ses informateurs, une camionneuse androgyne d'origine martiniquaise, avait un jour pris une auto-stoppeuse à minijupe. Entre deux hoquets et trois feux rouges, la voyageuse lui avait proposé de l'ecstasy, en laissant entendre qu'elle s'approvisionnait dans un bar "d'où l'on voyait les trains". Mais fallait-il prendre au sérieux les douteuses confidences d'une femme portée sur le sexe et sur l'alcool ? Fallait-il même faire confiance à une informatrice en mal de se faire mousser pour augmenter ses primes, dans l'attente du jour où elle pourrait abandonner son 38-tonnes pour couler des jours heureux sous les cocotiers des Antilles entre les bras de Loupette, sa copine bien-aimée ? Gabacho hocha la tête. Il n'avait d'ailleurs pas perdu son temps : des bars "d'où l'on voyait les trains", il y en avait dix-neuf, pas un de plus.

De ces dix-neuf bars-restaurants, qui se déployaient sur six kilomètres le long de la voie ferrée, plusieurs pouvaient a priori être éliminés. "L'Atlantide" était un lieu où les pochards et les impuissants engloutissaient des hectolitres de bière : un tonne d'ecstasy n'aurait rien changé à leurs habitudes, et la moyenne d'âge des consommateurs y était encore plus élevée que le taux d'alcoolémie. "Le Canasson Musclé", siège d'un PMU miteux, ne comptait que des habitués: la présence d'un dealer, fût-il déguisé en jockey, aurait aussitôt paru suspecte. "Le Bulgare" recrutait surtout des éphèbes à la virilité bien moulée. Il fallait montrer patte rose avant d'y entrer car Rachel, le patron, un ancien cheminot, veillait à la bonne réputation de son estaminet. Il y veillait d'autant plus qu'il était, lui aussi, un des indicateurs et amis de Gabacho. Celui-ci avait par ailleurs éliminé, pour des raisons comparables, et après quelques rapides vérifications, six autres troquets ferroviaires. Il restait donc, en bonne mathématique, dix établissements suspects.

Excellent policier, mais allergique au travail collectif, le commissaire Gabacho répétait à longueur de journée que ses jeunes collègues - lui-même avait cinquante ans -, étaient "des abrutis" dont le quotient intellectuel frisait le zéro absolu. À leurs méthodes expéditives, il préférait les siennes, fondées sur la ruse et la psychologie. Il lui arrivait de se déguiser en prêtre, en coureur cycliste ou en plombier pour faire avancer son enquête. D'une rare incompétence dans le domaine des armes, il n'avait jamais utilisé son revolver. Sa gaucherie manuelle l'en empêchait.

Gabacho relut la liste des dix bars qu'il se promettait de passer au microscope. Par lequel fallait-il commencer ? "Le Béraud", "Le Bar de la Gare", "La Java Bleue", "Le Baraka", "Le Railway", "Le Caténaire", "L'Omnibus", "Le November", "Au Bon Bulot" ou "Chez Titi" ? De nature rationnelle, Gabacho classa ces bars par ordre alphabétique. Il s'y tiendrait, visiterait ces établissements l'un après l'autre, quitte à prendre à chaque fois un accoutrement différent. Il n'en toucherait mot à ses sous-verge et les laisserait à leurs sottes vérifications dans les bars. Ils étaient si stupides qu'ils ignoraient que seuls les honnêtes gens oublient leur carte d'identité.

Il en était là de ses réflexions matinales quand un de ses collègues lui signala l'arrivée d'Anne-Soleil, sa camionneuse. En règle générale, ils se rencontraient une fois par mois, à la tombée de la nuit, dans les jardins publics, proches de l'archevêché, devenus un haut lieu de drague homosexuelle. Cependant, dans les cas d'extrême d'urgence, Anne-Soleil s'arrangeait pour brûler un feu rouge devant un représentant de la loi, se faisait conduire au poste manu militari et demandait alors le commissaire Gabacho. Il s'agissait donc d'une extrême urgence.

Anne-Soleil était une Martiniquaise de trente et un ans, d'un mètre quatre-vingts. Un corps de garçon, sans taille et sans seins. Une coiffure de bagnard. Des vêtements d'homme, mais qu'elle avait teints pour leur donner des couleurs rutilantes. Elle possédait aussi des muscles en acier, une voix de stentor et conduisait son 38-tonnes avec la force d'un portefaix. Quand elle pénétra dans le bureau, Gabacho la contempla avec une muette réprobation. Il aimait, lui, que les femmes aient des formes généreuses, des seins bien formés, une taille bien marquée, une chute de reins bien cambrée, des jambes hautement dévêtues, et de plus il préférait la peau blanche. C'est tout cela qui lui avait fait choisir comme épouse une Egyptienne d'Alexandrie au teint velouté, ce qui ne l'empêcha pas de divorcer par la suite. Il salua la jeune femme d'un bref signe de tête.

Sans y être invitée, Anne-Soleil s'effondra sur une chaise, sortit son mouchoir à carreaux rouges de sa poche-revolver et s'épongea le front. Elle avait ce charme ambigu qui s'attache aux personnes d'un sexe incertain. Gabacho, bien malgré lui, ne put réprimer un frisson de désir.

- Salut, commissaire ! La galère, c'est la galère ! Tu pourras dire à tes gorilles d'arrêter de me tripoter quand ils me ramassent en ville.

Le tutoiement irritait Gabacho, qui avait fait ses études chez les jésuites. Nourri de latin et de grec, il préférait les belles envolées classiques. Les allusions sexuelles d'Anne-Soleil l'amusaient, car il savait que les réalités de l'entrejambe étaient, avec l'argent, un des ressorts de l'âme humaine. Le sexe est la clef de tous les mystères, et ce n'était pas un hasard si les pilules d'ecstasy se vendaient comme des petits pains dans cette ville grise et morne, dont les sévères façades de granit se reflétaient dans l'eau glauque d'un canal.

- Je suis tout ouïe, mademoiselle, et veuillez, je vous prie, excuser mes collègues. Ce sont tous des abrutis.

- Pas si abrutis que cela. Ils savent bien où mettre la

main.

Une ange passa et s'éloigna à tire-d'aile.

- Pas besoin d'avoir fait Polytechnique pour cela, mademoiselle. Un peu de doigté suffit. Mais venons-en au fait. Vous avez du nouveau ?

Anne-Soleil se moucha à l'indienne, d'un vif revers de la main droite, puis elle s'essuya sur son marcel tournesol maculé de taches de vin.

- Du nouveau, oui. Tu connais Loupette ?

- Vous n'êtes pas venue ici pour me vanter les charmes de Loupette.

- Loupette s'est inscrite en italien à la fac des lettres, histoire de toucher la Sécu et de bouffer au resto des fainéants. Tu connais les étudiants. Ils ne pensent qu'à tirer un coup. L'autre jour, un Sénégalais lui a proposé de l'ecstasy, entre les oeufs mayonnaise et le steak cramé. À moitié prix, histoire d'amorcer la pompe.

- Tiens, tiens, un Sénégalais. Je le subodorais, figurez-vous. J'ai toujours été persuadé que les Africains...

- Tout doux, commissaire ! D'abord, ton Sénégalais est blanc comme tes fesses, vu que c'est le fils d'un missionnaire. Il habite Dakar, c'est vrai, mais pas dans une case.

- Oh, ce n'est pas que je sois raciste, soupira Gabacho. Mon ex-femme, d'ailleurs, est égyptienne, mais enfin...

- Bon, c'est pas tout ça, commissaire. J'ai un chargement de concombres sur les reins. Je ne tiens pas à les laisser pourrir à la fourrière. L'information, la voici : selon mon Sénégalais, la fac des lettres est au centre du réseau. Des profs proposent même de l'ecstasy à leurs étudiantes !

Gabacho poussa un gémissement. L'Université compromise dans une sale affaire de drogue, il ne manquait plus que cela. Non que cela l'étonnât outre mesure. Il y avait belle lurette qu'il savait tout sur la nature humaine. Il avait même suffisamment de fiches et de rapports sur les professeurs de la faculté des lettres (les pires étaient les quinquagénaires) pour savoir que la plupart d'entre eux avaient du mal à négocier leurs fins de mois. Les heures supplémentaires ne rapportant que des clopinettes, il leur fallait bien trouver quelques activités annexes pour payer leurs factures, leurs pensions alimentaires, leurs indemnités compensatoires, leurs dictionnaires, leurs colloques-alibis et les inévitables gâteries qu'ils consentaient, l'âge aidant, à leurs compréhensives étudiantes à minijupes. "Tous des obsédés sexuels", songea Gabacho, "toutes ces facs sont des lupanars".

Pour être intéressante, l'information était cependant décourageante. Alors qu'il s'apprêtait à mettre sous haute surveillance - la sienne -, les bars situés le long de la voie ferrée, voici qu'Anne-Soleil le lançait sur une autre piste: l'université Boris-Vian, située à la périphérie de la ville, dans un quartier encore plus lugubre que le centre. Lui-même aurait refusé de vivre dans cette grisaille de béton géométrique sans pilules d'ecstasy et sans antidépresseurs. À moins qu'il n'y eût un lien entre ce fameux bar "d'où l'on voyait les trains" et cette université de ploucs diplômés. Un lien, mais quel lien ? On n'imaginait pas un de ces fainéants de professeurs, à qui la seule vue des Palmes académiques donnait une érection, prenant pension dans une gargote ouvrière. Ou alors, c'était que le monde était en train de changer, que les poules avaient des dents et les femmes du cœur

- Je vous remercie, mademoiselle. Essayez d'en savoir un peu plus par le canal de Loupette.

Anne-Soleil se leva en tendant la main. Gabacho y glissa une enveloppe qui contenait deux billets de deux cents francs (d'ailleurs prélevés sur ses fonds personnels, car le commissaire était d'une totale honnêteté sur le plan financier, mais il savait bien qu'une promotion-éclair, au Quai des Orfèvres par exemple, le rembourserait un jour de ses largesses). Puis, quand la femme eut quitté le bureau, il choisit une chemise jaune parmi les nombreux dossiers. Écrit au marker noir, on y lisait "Université Boris-Vian". Gabacho détestait l'informatique.

Il tourna les feuillets avec ravissement. 20 000 étudiants. 600 professeurs, sans compter les centaines de chargés de cours. 80 % de divorcés (dont 19 % de récidivistes), 11 % d'homosexuels, 5 % de bisexuels, 4 % de bons pères de familles (sous bénéfice d'inventaire plus poussé, mais les fonds manquaient)... Gabacho s'étonna de n'y trouver aucun exhibitionniste ni aucun zoophile, mais toute statistique est incertaine. Autrement dit, plus de 500 personnes bardées de diplômes et bouffies de vanité avaient d'excellentes raisons pour s'intéresser de très près à l'ecstasy.

En bon cartésien, le commissaire décida de ne pas privilégier une des deux pistes. Il poursuivrait en parallèle l'enquête sur les bars et celle sur la faculté des lettres. Cela lui prendrait des semaines, mais ses ancêtres bergers pyrénéens lui avaient appris la patience. Oui, foi de Gabacho, le mystère serait éclairci. Et cela lui permettrait un jour de parader avec la Légion d'honneur, comme tous les matamores qui se poussaient du col aux réceptions et aux vins d'honneur.

Gabacho s'octroya une rasade de gin puis quitta son bureau. En scène pour l'acte 1. Il était temps d'aller se changer.

2

La fièvre des grands jours avait secoué l'université Boris-Vian. Ainsi donc, le Professeur Pierre Bouchemaine, du département de sanskrit, avait à son tour quitté le domicile conjugal ? Dans l'instant, les ordinateurs eurent un hoquet, l'encre rougit dans les stylos, le café se refroidit dans les tasses, et les rumeurs les plus obscènes se propagèrent dans les couloirs et sur les lignes téléphoniques. Très vite, le réseau fut saturé. Selon certains, Bouchemaine était parti pour une de ses étudiantes, la brune Valérie, certes pustuleuse mais d'une libido sans faille, qui préparait sous sa direction un mémoire de DEA sur les structures ergatives. Selon d'autres, le cher collègue avait enfin jeté le masque: on l'avait vu au "Bulgare", le bar homosexuel de la ville. À l'évidence, il y avait ses entrées. La liste des Lolitas et des Adonis qu'il avait séduits fut bientôt plus longue que celle des députés, et chacun y allait de son détail inédit.

La vérité était autre, mais seul Bouchemaine la connaissait. La cavale du Professeur, en tout cas, suscita une salutaire réprobation morale. Elle fut d'autant plus farouche que ses collègues avaient appris, dans le même temps, qu'il venait de bénéficier d'une promotion injustifiée, puisque eux-mêmes l'espéraient depuis des lustres. Les plus cruels furent ceux dont la vie privée occupaient plusieurs feuillets dans le dossier de Gabacho, et les plus impitoyables se recrutèrent parmi les collègues auxquels Pierre Bouchemaine avait rendu des services. Puis, comme une ondée chasse l'autre, les rumeurs et contre-rumeurs s'effacèrent d'elles-mêmes quand on apprit qu'un Professeur de hongrois couchait - du moins l'assurait-on, la main sur le cœur -, avec une minette de trente ans sa cadette. Les universitaires aiment la passion et la liberté dans les livres. Ils en supportent mal l'expression dans la réalité quotidienne.

L'émotion avait été moins vive au département de sanskrit. Celui-ci, en effet, comptait un seul Professeur, Bouchemaine, et trois étudiants: une dépressive chronique qui carburait au Prozac, un paranoïaque allergique aux examens, et une demoiselle bien en chair, mais au cerveau peu encombrant, Diane Gabacho, fille du commissaire de police. Quand Bouchemaine prétendait ployer sous les copies, cela signifiait qu'il en avait deux ou trois par mois, une le plus souvent, celle de Diane qui, après quatre ans de sanskrit, estropiait encore l'alphabet. Elle réussissait cependant à obtenir ses examens, non parce qu'elle était la fille d'un représentant de l'ordre - les universitaires sont incorruptibles -, mais parce que son ajournement aurait entraîné cent pour cent d'échecs et, dès lors, la fermeture du département de sanskrit.

Un jour par semaine, le lundi, Bouchemaine se

rendait à l'université Boris-Vian, boulevard du Viceroi. Il y donnait ses six heures de cours à la chaîne, devant son unique étudiante, à moins que, par un rare concours de circonstances, la déprimée et le paranoïaque ne fussent aussi présents à l'appel. Son week-end commençait le lundi soir. Le reste de la semaine, prisonnier de sa chambre d'hôtel, Bouchemaine rédigeait des articles scientifiques que personne ne lirait jamais, sauf sa secrétaire et deux ou trois universitaires qui, dix ans plus tard, écriraient eux-mêmes un article sur un sujet parallèle. Privé de sa bibliothèque, éloigné de ses fiches, il avait même cessé de travailler à ce qui devait être l'œuvre de sa vie: un fort volume sur l'épopée indo-européenne. Et puis, comme la plupart des hommes de son âge, Bouchemaine passait deux heures par jour à signer des chèques. Car sa cavale - dont le côté immoral avait, à juste titre, secoué la communauté universitaire -, n'entraînait en rien la rupture du lien conjugal. Il lui fallait donc assumer les traites de l'appartement, les impôts divers, l'eau, l'électricité, le téléphone, les vidanges de la voiture et les réparations de la moto. Encore heureux qu'il n'eût pas d'enfants. Un de ses collègues dans la même situation, mais père de famille (les professeurs sont de grands naïfs), était éboueur le soir afin de payer les études de ses cinq filles. Les maigres économies de Bouchemaine avaient fondu comme neige au soleil. Ses jours à l'hôtel des routiers étaient comptés : bientôt, il ne pourrait plus payer la note.

Une autre tragédie taraudait Bouchemaine : la femme qu'il aimait depuis six ans, et pour laquelle il avait quitté le domicile conjugal, s'était évanouie dans la nature. Ce n'était pas pour une étudiante pustuleuse qu'il s'en était allé - il en avait sa claque des boutonneuses et des intellectuelles -, mais pour Laurence d'Amberval, une petite brune au teint velouté et aux yeux verts. Âgée de quarante ans, elle était infirmière à l'hôpital, au service de réanimation cardiaque. Celle-ci, hélas, était nantie d'un mari VRP dont les seules passions étaient l'informatique, les matches de football et les courses de bicyclette. Laurence et son époux avaient rencontré Bouchemaine à Ceylan, à la terrasse victorienne du *Galle Face Hotel* de Colombo. Ils découvrirent, au hasard de la conversation, qu'ils habitaient la même ville, la capitale du crachin. Dès le premier regard, Laurence et Bouchemaine étaient tombés amoureux. Le soir même, alors que le mari imbibé de gin avait regagné sa chambre, ils s'étaient promenés sur le front de mer. Le lendemain, ils étaient amants. Quelques jours plus tard, le VRP ayant eu la courtoisie de choper un mauvais virus intestinal, ils partirent tous deux pour Kandy, à 115 kilomètres de là, pour assister à l'Esala Perahera, la grande parade des éléphants.

De retour en France, ils continuèrent de se voir une fois par semaine, à "L'Atrium", un discret hôtel près de la gare. Et pendant six ans, Bouchemaine connut le plus bel amour de sa vie. De temps à autre, ils évoquaient le moment où ils pourraient enfin vivre ensemble. Laurence souriait. Sans doute pensait-elle que cet instant ne viendrait jamais. Bouchemaine faisait partie de ces hommes que les femmes prennent volontiers pour des lâches.

Or, il savait qu'il partirait un jour. Il eut le tort de ne pas dire à Laurence que sa décision était prise. Il se garda même de lui téléphoner le 19 janvier. Il attendit simplement le vendredi soir et partit, selon son habitude, vers "L'Atrium". Laurence ne vint pas. Il s'en irrita, trouva la coïncidence ironique mais ne s'inquiéta pas outre mesure. Cela était déjà arrivé dans le passé. La semaine suivante, pourtant, considérant qu'il était confronté à un cas d'extrême urgence, Bouchemaine téléphona au service de réanimation cardiaque. Après une longue attente au bout du fil, la standardiste l'informa que son amie ne travaillait plus à l'hôpital. Rongé par l'inquiétude, il se rendit à l'adresse de la jeune femme, 19, rue Jean-Genet, inspecta toutes les boîtes à lettres de l'immeuble et n'y trouva pas le nom espéré. Il revint le lendemain, se fit passer pour un assureur auprès de la concierge. Celle-ci n'avait jamais entendu parler de Laurence. "Mais ça n'est pas étonnant, ajouta-t-elle, je suis là depuis un mois, et la précédente concierge, qui aurait pu vous renseigner, est morte d'une embolie". Ainsi donc, Bouchemaine, qui avait quitté sa femme pour Laurence, se retrouvait Grosjean comme devant, seul, tout seul, sans même savoir ce que la jeune femme qu'il aimait était devenue. Seule certitude : elle avait déménagé, quitté son travail et sans doute la ville, sans le lui dire, pour une destination inconnue.

Ce samedi-là, trois semaines après le début de sa cavale, Bouchemaine se rendit compte d'une dramatique évidence : il n'avait plus un seul habit de propre. Il découvrait ainsi, à cinquante ans, qu'une chemise impeccable et un pantalon aux plis bien tirés ne le sont pas par l'opération du Saint Esprit. Il décida de prendre le taureau par les cornes et se rendit, sous une pluie battante - il pleuvait toujours dans cette ville pourrie -, au lavomatic Cambacérès. La nuit tombait, et une vieille femme arabe occupait seule la salle de béton délavée.

Bouchemaine pouvait lire les textes sanskrits ou hindis les plus difficiles, mais il n'avait jamais appuyé sur les boutons d'une machine à laver. L'appareil lui parut aussi mystérieux que le tableau de bord d'un boeing. Il lut attentivement les instructions, les relut par deux fois, puis s'avoua vaincu. Par chance, la vieille dame, qui s'apprêtait à partir, accepta de lui expliquer le fonctionnement de la machine. Il la remercia avec chaleur puis passa aux toilettes.

Bouchemaine se sentait humilié. Il se rendait compte soudain qu'il était, face à la vie quotidienne, aussi démuni qu'un enfant. Il pouvait caracoler dans le vaste champ de la linguistique mais ne savait ni coudre un bouton ni laver une chemise. Il ne put réprimer quelques larmes. Cela faisait plusieurs jours, déjà, qu'il sanglotait dans la solitude de son hôtel dont les nuits étaient animées par les ronflements et les râles de plaisir des routiers. Depuis la disparition de Laurence, Bouchemaine se sentait impuissant et, du reste, sa libido avait toujours été plus discrète que son goût pour les langues.

Mais il était temps de passer à la grande lessive. Il ôta son blue-jeans et se déshabilla, ne gardant que ses chaussures trouées et son vieil imperméable que dix ans de moussons en Inde avaient totalement usé. Il boutonna avec soin les deux seuls boutons branlants qui restaient et retourna à la laverie. Fort de ses nouvelles connaissances techniques, il fit glisser tous ses vêtements et son petit linge par le hublot de l'appareil, ajouta de la lessive, glissa quelques pièces dans la fente appropriée puis appuya sur le bouton.

Le miracle se produisit, et le tambour de l'appareil se mit en marche. Pendant quelques minutes, Bouchemaine contempla avec ravissement la valse mousseuse de ses vêtements. Puis il alluma une cigarette (sa consommation avait triplé depuis le début de sa cavale) et sortit de sa serviette l'*Ashtâdyâyî* de Panini, dont il se proposait de publier une édition annotée, à la lumière d'un manuscrit quelque peu différent que lui-même avait découvert dans un monastère du Ladakh. Tout à sa lecture, il ne vit pas l'heure passer et ne leva la tête de son livre que lorsque la machine, dans un dernier souffle, eut à l'évidence cessé de baratter son blue-jeans, ses slips noirs et ses chemises bleues.

C'est alors que les ennuis commencèrent. Bouchemaine eut beau appuyer, de plus en plus fort, sur le bouton indiqué, le hublot refusait de s'ouvrir. Il donna de violents coups de poing contre le loquet puis contre la vitre. Montant sur un banc, il s'apprêtait à y aller d'un coup de pied quand il se rappela qu'il était nu sous son imperméable. Il tourna la tête en direction du boulevard Cambacérès: pilonné par les trombes d'eau, celui-ci était vide. Son coup de pied fut inutile; la porte résistait.

Bouchemaine mémorisa le numéro de téléphone qu'il convenait d'appeler, en cas d'incident technique, de 8 heures à 19 heures (mais, justement, il allait être 19 heures), à l'exception du dimanche (mais, précisément, demain serait un dimanche). Avec un peu de chance, il allait pouvoir, à quelques minutes près, lancer un appel de détresse. Il se rua dehors et fila comme un dératé vers une cabine qui se dressait de l'autre côté du boulevard. En y pénétrant, il se souvint qu'il n'avait plus de carte. Par chance, un distributeur automatique était contigu à la cabine, et un bureau de tabac, dont la carotte rouge le narguait sous les rafales, se trouvait à deux cents mètres de là.

Le distributeur fonctionna à la première caresse. Un billet de deux cents francs à la main, Bouchemaine détala vers le bureau de tabac. Et c'est alors que, dérapant dans une énorme flaque d'eau, il perdit l'équilibre, glissa sur quelques mètres comme sur du verglas, crut un court instant qu'il allait se rétablir puis s'affala au milieu de la chaussée. Les deux derniers boutons sautèrent sous l'impact, et l'imperméable, emporté par l'élan, se replia sur le haut de son dos, tandis que la partie inférieure de son corps dévoilait aux averses une fort classique anatomie.

Tétanisé, Bouchemaine entendit un hurlement de freins, se recroquevilla comme pour se protéger. Des pas martelèrent la chaussée. Il attendit la main secourable du Bon Samaritain qui l'aiderait à se relever. Deux mains en effet l'agrippèrent. Un curieux bruit métallique se fit entendre alors qu'il se remettait sur pied. Il tourna la tête et aperçut deux policiers. Dans le même temps, il se rendit compte que ceux-ci lui avaient passé les menottes.

- T'aurais du mal à nous présenter tes papiers, salaud ! ricana un des représentants de l'ordre. Allez, au poste ! Ça fait deux mois qu'on te piste. Fini la sortie des écoles ! Cette fois, on t'a coincé, espèce d'obsédé !

- Mais... mais... vous vous méprenez, messieurs. Je suis le Professeur Bouchemaine, de la faculté des lettres. Je suis haut fonctionnaire. Tous mes papiers sont là, par terre, dans ma serviette.

Un des policiers se baissa et ramassa le sac. Sa bonne humeur faisait plaisir à voir.

- C'est ça, oui, prof à la fac des lettres ? Et mon cul, c'est du poulet ? Pour les papiers, on verra au poste. Des photos pornos, sans doute ? Tu crois donc qu'on n'allait pas te piéger, vieux vicelard ?

En son temps, Bouchemaine avait été un fort bel athlète. Il avait même pratiqué le karaté. Saisi d'angoisse, il se débattit avec l'énergie du désespoir et réussit à porter quelques coups de pied bien placés à l'un des policiers. Celui-ci sortit son revolver, et Bouchemaine s'avoua vaincu. Il est difficile de résister longtemps quand on est nu, mouillé, désespéré, quand on a des menottes aux poings, des bleus à l'âme et un revolver sous le nez. Les deux policiers le poussèrent à coups de pied vers la voiture, qui démarra dans un crissement de pneus, dérapa sur une flaque puis reprit sa course. Par radio, un des hommes alerta le commissariat: "Ça y est, les gars. Nous avons pincé l'exhibi, boulevard Cambacérès. Les témoins étaient mirauds : ça n'est pas un blond mais un brun. Prévenez Gabacho".

Affalé sur son siège, l'imperméable arraché, Bouchemaine essayait de trouver dans la philosophie hindoue une pensée qui le ramènerait vers la sérénité. Il se souvint de la phrase d'Alain Daniélou: "Profite de ce que les dieux t'abandonnent". Ah, certes, pour l'abandonner, les dieux l'avaient abandonné. Parce qu'il ne savait pas faire fonctionner une machine à laver, parce qu'il n'avait plus d'argent, parce que Laurence l'avait largué, parce que lui-même avait abandonné sa femme, parce qu'il pissait des cordes, parce que la nudité était hors-la-loi dans cette ville de demeurés, voilà que, dans un son et lumière de sirène et de gyrophare, il allait se retrouver au poste. Déjà, il imaginait les gloussements de plaisir de ses chers collègues.

- Mais je suis innocent, hurla-t-il. Mes vêtements sont à la laverie !

Un éclat de rire ponctua la réponse.

- Arrête ton char, connard ! Innocent ? Alors que tu te promènes les couilles à l'air et la bite au vent !

3

Coincée entre la voie ferrée et un terrain vague, "La Java Bleue" - un ancien bordel devenu restaurant en 1946 -, était un des rares endroits de la ville où l'on trouvât encore de la chaleur humaine. Depuis vingt ans, Marie-Suzanne de Branthome, une authentique aristocrate et ancienne ursuline défroquée recyclée dans la restauration prolétarienne, y régnait sur une population d'ouvriers et de marginaux. À l'extérieur, rien n'indiquait qu'il s'agissait d'un restaurant. Une discrète enseigne précisait simplement "La Java Bleue : Bar et jeux", tandis qu'un panneau publicitaire annonçait "Tuborg Beer". Mais le téléphone arabe fonctionnait bien, et le nombre de couverts servis chaque jour par Marie-Suzanne dépassait celui du Buffet de la gare. Aidée par son compagnon, Ahmed, un Comorien d'un mètre quatre-vingts, protégée par Fax, un berger allemand du troisième âge, elle jonglait avec les menus (les moins chers de la ville), les plats et les pintes de bière, du chant du coq au douzième coup de minuit.

L'étonnant succès de Marie-Suzanne n'était dû ni à sa particule (que les clients ignoraient) ni à ses qualités de maître-queux, encore que celles-ci fussent supérieures à celles des cuisiniers à nœud papillon qui, au centre de la ville, offraient à un cheptel endimanché des plats coûteux pour anorexiques, pompeusement baptisés "nouvelle cuisine". Non, ce qui différenciait l'ancienne ursuline de ses collègues à trois étoiles, c'était sa présence humaine et sa parfaite connaissance de tous ses clients. Quand ils arrivaient en groupe, elle les saluait d'un tonitruant "Salut, bande de voyous !". Certains avaient droit à un surnom, qui correspondait à un des traits de leur physique ou de leur caractère. Il y avait Le Crocodile, La Chèvre, La Touille, Le Poisson, La Pieuvre, Casque d'Or, Parkinson, Quart-de-Couille et l'adjudant Pige-que-Couic, qui s'asseyait toujours à la même place de façon à ne pas perdre de vue les toits de sa caserne. Il y avait aussi Pastis, qui carburait au Vittel, et Rachel, qui malgré son nom était un homme, d'ailleurs parfumé au Shalimar.

Ce samedi soir, les clients cloués chez eux par les averses, tardaient à arriver. À part Le Crocodile, Parkinson et Pige-que-Couic, lesquels arrivaient en général à l'heure de l'apéritif et restaient jusqu'à la fermeture, on ne comptait qu'une seule personne. De grande taille, outrageusement maquillée, les lèvres d'un rouge agressif, les seins généreux, les jambes moulées dans un blue-jeans d'excellente coupe, l'inconnue lisait la riche presse féminine qui reposait sur le rebord d'une fenêtre. Il y avait là *Femme actuelle*, *Glamour*, *Biba* et *Vingt ans*. Elle ne parlait pas, se contentait de réclamer d'un geste, toutes les vingt minutes, un demi de bière. Marie-Suzanne, pourtant très douée en psychologie sociale, hésitait sur le statut de cette femme parfumée à l'ambre. Une ancienne prostituée en recyclage ? Un professeur de BEP que ses élèves avaient conduit à l'alcoolisme ? Une épouse larguée comme toutes les femmes de la cinquantaine ? Une ancienne détenue récemment sortie de la toute proche prison ? Pour l'heure, Marie-Suzanne réservait son diagnostic et, de ce fait, ne lui avait encore attribué aucun surnom.

À travers les vitres ornées de rideaux bonne femme, on apercevait en contre-plongée le pont Jules-Verne surplombé par les câbles raidis des caténaires. La large avenue Roland-Barthes était partagée en son centre par un terre-plein poussiéreux égayé par les boules jaunes et rouges de hauts pyracanthas, qui poussaient là en toute liberté. Les derniers arbustes venaient se lover contre les seize lourds piliers de béton cylindriques qui soutenaient le pont. Émergeant pudiquement de la végétation, un énorme panneau publicitaire faisait son racolage légal: "36-15 Code Barbara". Connus pour leur lenteur de réaction aux feux, les conducteurs de la ville, toujours vêtus de gris et encravatés, perdaient ainsi quelques secondes de plus à contempler les charmes mouillés d'une Barbara dénudée, constamment secouée par les coups de boutoir des trains.

Au-delà du pont, on apercevait sur la gauche les toits verdâtres de la caserne. Plus loin encore, le clignotement des feux sur la voie de chemin de fer ponctuait, comme un ballet coloré, la rapide succession des convois. Sur la droite, quelques buildings sans âme, construits après les bombardements de 1944, offraient une vue imprenable sur le lacis des rails, l'immeuble de "La Java Bleue" et la longue avenue Roland-Barthes.

Sur les murs du bar, quelques photographies en noir et blanc rappelaient les gloires du bon vieux temps : Bernard Blier dans *Hôtel du Nord*, Arletty dans *Fric-Frac*, Pierre Brasseur dans *Porte des Lilas*, Pierre Fresnay dans *Le Défroqué*, Jean Gabin dans *Pépé le Moko* et Charles Vanel dans *Les Misérables*. De temps à autre, des haut-parleurs poussifs crachaient une musique d'un autre âge. Rina Ketty, Édith Piaf et Yves Montand étaient les grands classiques. À intervalles réguliers, et pour justifier son enseigne, Marie-Suzanne mettait sur la platine un disque rayé d'où montait "La Java Bleue", qu'elle accompagnait elle-même de sa belle voix de soprano. Quand elle avait trop abusé du chambertin (son vin préféré), elle oubliait qu'elle avait quitté les ordres et entonnait le *Tantum ergo* ou l'*Adeste fideles*, parfois même *Minuit chrétiens*, que ses clients étaient ravis de reprendre en chœur. Seul Parkinson, qui se proclamait athée, refusait de participer à la chorale, et il profitait de l'intermède musical pour abreuver de ses pièces la fente du flipper, en sifflotant de façon sournoise *L'Internationale*.

Décidément, la soirée s'annonçait calme, et à l'habitude les meilleurs clients n'arriveraient que vers 22 heures en ce samedi qui, traditionnellement, était le jour du couscous. Marie-Suzanne regarda sa montre. Le coup de feu n'allait pas tarder.

L'étrangère fit un geste pour réclamer une nouvelle pression. La douzième depuis son arrivée. Marie-Suzanne lui apporta un nouveau verre et tenta d'engager la conversation.

- Vilain temps, n'est-ce pas ?

La femme se contenta d'une grimace.

- Vous êtes nouvelle dans le quartier ? insista Marie-Suzanne.

L'inconnue répondit d'une voix enrouée.

- Excusez-moi, j'ai une pharyngite. Oui, je suis là depuis quelques semaines seulement, et d'ailleurs...

Geignant de tous ses essieux, un long convoi fit vibrer le pont. Parkinson releva la tête. Il souffrait non seulement d'athéisme, mais d'une grave névrose, la passion des trains : c'était un ferrovipathe incurable.

- Ça, précisa-t-il, c'est un train de trémies remorqué par une BB 25500. Notez, je vous prie, sa belle livrée vert-bouteille d'origine.

- À propos de bouteille, gémit l'adjudant Pige-que-Couic, la mienne est vide. Ahmed, du gas-oil pour l'armée française ! Éxécution !

Il se rengorgea et déposa son képi sur le zinc, après avoir vérifié que celui-ci était vierge de toute tache de vin. Le gris très clair de sa tenue Terre de France, fraîchement repassée, faisait ressortir les veinules rosacées de son nez et sa peau mate, virilement bronzée par ses nombreuses campagnes érotiques au club Méditerranée. Il arborait sur son épaulette sa barrette d'adjudant, jaune rayée de rouge. Sur le revers de son veston, la soutache indiquait qu'il appartenait au Train des Équipages, et la pucelle de son uniforme mettait en valeur le fier insigne de son héroïque régiment qui, en 1940, était revenu de Bourganeuf, dans la Creuse, sans avoir perdu un seul homme ni tiré une seule cartouche.

- Eh bien, madame, reprit Marie-Suzanne, bienvenue à "La Java Bleue". Ravie de faire votre connaissance, madame... madame...

- Madame Dolbiac.

- Bonne soirée donc, madame Dolbiac.

Marie-Suzanne allait retourner à ses fourneaux pour y faire mijoter ses pois chiches quand la porte s'ouvrit brutalement, et deux policiers entrèrent dans la salle. Parkinson, qui venait de sortir de sa poche *Le Monde libertaire*, étouffa un juron. Il détestait tous les uniformes mais tolérait Pige-que-Couic parce que celui-ci levait hardiment le coude.

- Police ! Contrôle d'identité ! Vos papiers, s'il vous plaît.

- Eh, Marie-Suzanne, n'oublie pas l'ail dans mon couscous ! s'exclama Parkinson.

Le Crocodile profita de l'arrivée intempestive des policiers pour subtiliser le briquet de l'adjudant Pige-que-Couic : on y voyait une jeune femme dont le string noir était le seul vêtement.

Fax se dressa sur ses pattes, et la patronne se précipita vers les deux visiteurs.

- Mais bande de voyous, vous savez bien que c'est un

bar de quartier !

Les policiers restèrent de marbre. Depuis des années qu'ils fréquentaient le coin, ils étaient habitués à être traités de voyous. L'injure passa inaperçue.

- Allons, madame, pas de discussion ! Simple routine. Nous recherchons des drogués.

Marie-Suzanne éclata de rire.

- Dans ce cas, vous vous trompez d'adresse. La drogue est interdite à "La Java Bleue".

- La drogue, oui, mais peut-être pas les dealers. Allons, allons, obtempérons !

Les clients obéirent et présentèrent leurs cartes aux représentants de la loi. Puis ceux-ci s'arrêtèrent devant l'inconnue.

- Vos papiers, madame, s'il vous plaît.

La femme sembla poursuivre sa lecture de *Femme actuelle* et répondit dans un souffle.

- Je n'ai pas de papiers.

- Pas de papiers ? Tiens, tiens...

L'homme se saisit des tickets de caisse.

- C'est vous qui avez bu tout cela ? Ivresse à proximité de la voie publique, ça peut aller chercher loin... Et vous, Marie-Suzanne, vous n'auriez pas dû servir cette pocharde. Pour une fois, ça passe, mais n'y revenez pas. Le commissaire est très strict là-dessus.

La patronne n'eut pas le temps de répondre. Brusquement, l'inconnue s'était levée, avait saisi la chaise sur laquelle elle était assise, l'avait soulevée avec une force insoupçonnée puis l'avait écrasée sur la tête d'un des policiers. Dans le même temps, elle prit son élan, se précipita vers la porte ouverte et disparut sous la pluie. Perdant contrôle de lui-même, le moustachu sortit son revolver et tira à l'aveuglette. Une des vitres de "La Java Bleue" vola en éclats. Fax se mit à hurler à la mort.

La femme, cependant, n'était pas loin. Elle avait, à l'évidence, quelque difficulté à courir. Un des policiers n'eut aucun mal à la rattraper sous le pont et lui décocha un formidable coup de poing. Elle s'effondra et ne bougea plus.

- Nom de Dieu, Bocard, tu l'as tuée ! s'exclama le deuxième policier qui arrivait en replaçant le revolver dans son étui.

- Légitime défense ! De toute façon, des putes comme ça, c'est pas une perte, grommela l'autre, un peu gêné cependant, car il espérait une promotion et craignait la police des polices.

L'inconnue restait allongée sur la macadam, inanimée. Un spasme nerveux de la main rassura les deux hommes. Ils la prirent par les épaules et par les pieds et la conduisirent dans la voiture dont le gyrophare était resté allumé. À l'évidence, elle était tombée dans un semi-coma éthylique, et il suffirait d'une nuit au violon pour la ramener à la raison et à la sobriété. Faisant preuve d'une rare conscience professionnelle, Bocard glissa la main dans l'entrejambe de la femme afin de vérifier si le cœur battait encore.

- Bon dieu, mais c'est un homme ! Un travelo !

L'autre vint vérifier et éclata de rire.

- Et même bien monté, dis donc. Allez, filons, je suis trempé.

Quelques minutes plus tard, la voiture de police s'arrêtait devant le commissariat, et l'instant d'après les policiers jetaient au violon l'homme-femme qui avait refusé de décliner son identité. Un individu entièrement nu occupait déjà la pièce, mais ils le remarquèrent à peine, tant ils étaient habitués, tous les soirs, à accueillir prostituées, exhibitionnistes, drogués de tout poil et petites frappes en quête de michetons.

Quand ils pénétrèrent au bureau des permanences pour rédiger leur rapport, un de leurs collègues les salua d'un air guilleret.

- Vous savez, les gars, on a eu l'exhibi. Celui qui drague les minettes à la sortie des écoles. On l'a trouvé à poil boulevard Cambacérès.

- Et nous, on vous a ramené un travelo bourré comme une vache et qui nous a agressés à "La Java Bleue"... Mais, au fait, où est le patron ?

L'autre haussa les épaules.

- Ça, Bocard, personne ne le sait. Depuis quelque temps, il disparaît l'après-midi et ne revient que le lendemain matin. Paraît qu'il enquête sur l'ecstasy. Mais comment savoir ? Il ne nous dit rien.

Cherchant à trouver sa sérénité bien compromise, Bouchemaine avait adopté la position du lotus. En sa nudité, il se sentait proche des sages du jaïnisme, des "errants de l'esprit" en quête de la vérité ou des renonçants hindous qui, vêtus d'une seule cordelette, parcourent l'Inde jusqu'à leur dernier souffle. La pluie battait contre l'unique vitre de la cellule, protégée par d'épais barreaux. Bouchemaine songea que, selon la philosophie hindoue, les âmes sur le chemin de la réincarnation empruntaient les gouttes de pluie pour regagner la terre. Il devait y avoir beaucoup de réincarnations dans cette capitale du crachin.

Le Professeur constata que la femme jetée à terre sans ménagements par les policiers commençait à revenir à elle. Il s'en approcha et lui demanda s'il pouvait faire quelque chose. Elle ne répondit pas, mais se dressa bientôt sur son séant en se frottant la mâchoire.

- Bande d'abrutis ! gémit-elle d'une voix curieusement grave.

- Pardon ?

- Oui, ces policiers sont une bande d'abrutis. Le pire

est Bocard.

- Je ne vous le fais pas dire.

La femme à voix d'homme (à moins que ce ne fût un homme à corps de femme ?) se tourna vers Bouchemaine.

- Mais qui êtes-vous ? Que faites-vous dans cette tenue ? On vous a surpris sous la douche ? D'ailleurs, vous êtes encore tout trempé.

- Je suis professeur à la fac des lettres. Mes habits sont bloqués dans une laverie, boulevard Cambacérès. Les policiers m'ont pris pour un exhibitionniste.

- Bande d'abrutis, et moi ils m'ont pris pour une pouffiasse. Mais je n'avais pas le choix. Si je ne les avais pas agressés, mon scénario sautait en l'air.

- Je ne comprends pas...

- Je ne sais pas pourquoi je vous dis tout cela. La fraternité carcérale, j'imagine. D'un autre côté, comme j'ai la certitude que mes policiers se mettent systématiquement le doigt dans le nez, j'en conclus, un peu vite peut-être, que vous êtes innocent.

- Mais je suis innocent !

- N'empêche que les apparences sont contre vous, avouez-le. Il faut être bigrement distrait pour oublier tous ses habits dans une laverie.

- Je ne les ai pas oubliés. Ils sont restés coincés dans la machine, et je n'avais rien d'autre à me mettre, sauf un imperméable que les policiers ont emporté avec eux, pour m'humilier un peu plus. Mais que va-t-il nous arriver ? Je n'ai pas l'habitude de passer la nuit derrière des barreaux.

- Ne vous inquiétez pas. Je vais enterrer l'affaire. Le commissaire de police, c'est moi, Gabacho, pour vous servir. Et vous-même vous êtes...

- Pierre Bouchemaine, professeur de sanskrit.

- Bouchemaine ? Mais alors, vous êtes le professeur de ma fille Diane ? Pour une coïncidence, c'est une coïncidence... Nous en reparlerons tout à l'heure. Mais je vois que vous tremblez. Tenez, je vous prête mon corsage. Je crève de chaleur avec mes faux seins, et je me sentirai mieux en soutien-gorge.

Bouchemaine enfila le corsage du commissaire, ce qui ne résolvait pas le problème de l'entresol, voilé, il est vrai, par l'obscurité de la pièce. Puis les deux hommes se serrèrent la main avec chaleur.

- Vraiment ravi de faire votre connaissance. Ma fille pense le plus grand bien de vous, si, si. À propos, tant que je vous ai sous la main, si j'ose dire, j'aimerais vous demander si le mot ecstasy vous dit quelque chose.

- Bien sûr.

- Tiens, tiens, je vous écoute...

- C'est un mot anglais d'origine indo-européenne. On le retrouve en grec sous la forme *ekstasis*, en latin *ecstasis*, en italien *estasi*, en espagnol *éstasis*, en français *extase*, etc... Vous remarquez le préfixe grec *ek-* qui signifie *hors de*. L'extase, en somme, c'est ce qui permet de sortir de soi, ce qui vous inonde d'un plaisir profond, qu'il soit mystique ou sensoriel.

- Fort bien, fort bien, mais je vous parlais de l'ecstasy sexuel.

Bouchemaine hocha la tête.

- L'extase sexuelle ? Le terme ne s'emploie pas vraiment dans ce sens-là. Depuis le XVIIIe siècle, on utilise plutôt le mot *orgasme*, d'origine grecque, mot sur lequel je pourrais vous en dire plus si vous le souhaitez. Mais je vous concède que, d'un strict point de vue étymologique, il serait juste d'utiliser aussi le mot *extase*, en raison du préfixe, du moins pour l'orgasme masculin.

- Franchement, Professeur, vous vous moquez de moi ou vous n'avez jamais entendu parler des pilules d'ecstasy ?

- Non, pas du tout. Je ne lis jamais la presse médicale, ni même la presse quotidienne, sauf en Inde pour pratiquer mon hindi.

- Je me suis laissé dire qu'on trouvait facilement de l'ecstasy à la fac des lettres...

- C'est possible, mais moi, vous savez, je vis dans un monde parallèle, dans l'Inde du Ve siècle avant notre ère. Et je n'ai même pas de poste de télévision. À quoi servent donc vos pilules d'ecstasy ?

- C'est une drogue, comme la cocaïne ou le crack. Une drogue dangereuse qui décuple le plaisir sexuel.

Bouchemaine eut un sourire intéressé.

- Vous savez, commissaire, à mon âge ça me rendrait le plus grand service. Laurence ne m'aurait peut-être pas quitté si j'avais su que cela existait. J'ai pris des tonnes de Yohimbine, sans le moindre succès, mais jamais d'ecstasy, hélas. Vous me disiez qu'à la fac...

- Ne regrettez rien. Mieux vaut être largué que drogué. Je suis sur la trace des dealers. Si mon abruti d'adjoint ne me met pas des bâtons dans les roues, ils seront bientôt sous les verrous. Mais je commence à en avoir marre d'être ici. Si nous nous mettons à crier très fort, à crier "au viol !" par exemple, ces idiots viendront sûrement nous voir, histoire de se rincer l'œil. Quand ils seront là, j'arracherai ma perruque et les traiterai de crétins, ils ont l'habitude. Ici, ça n'a pas d'importance, c'est à "La Java Bleue" que je ne voulais pas être reconnu.

- "La Java Bleue" ?

- Vous ne connaissez pas ? C'est le meilleur restaurant de la ville, et le moins cher en plus. Mais je vous concède qu'on n'y voit jamais d'universitaires.

- Oh, je ne vois jamais d'universitaires où je vais. En tout cas, si c'est le restaurant le moins cher, j'y serai dès demain. Financièrement, je suis au bout du rouleau.

- Moi aussi, rassurez-vous. Mon ex-femme et ma fille

passent leur temps dans les magasins de vêtements et m'envoient les factures. C'est donc moi qui fais bouillir la marmite, entouré de microcéphales qui me balancent des coups de poing sur le crâne.

La fausse tentative de viol porta les fruits espérés. Un quart d'heure plus tard, les deux hommes se retrouvaient dans le bureau du commissaire, devant un bon café. Bouchemaine s'était vu remettre une couverture. Demain, lui aussi irait à "La Java Bleue". La vie était belle, après tout, même si Laurence avait disparu.

4

Madame Isabelle Bouchemaine, professeur d'aïkido dans un club pour femmes oisives, s'ébroua en pénétrant dans le magasin d'armurerie. Elle referma son parapluie, salua le vendeur avec toute la séduction dont elle était capable dans ses moments de grâce, et lui expliqua qu'elle désirait acquérir un revolver pour l'anniversaire de son mari bien-aimé. Séduit par la beauté de sa cliente - une brune aux yeux verts -, l'homme posa quelques questions puis exhiba les armes susceptibles de convenir à l'heureux époux. Isabelle choisit un browning tchécoslovaque, qu'elle paya avec sa carte Bleue, après avoir montré son passeport. Elle exigea un paquet-cadeau, avec une grande boîte pour augmenter l'effet de surprise puis, rouvrant son parapluie, elle se replongea sous les rafales.

À la même heure, le commissaire Gabacho allait présenter les excuses de la police à Marie-Suzanne. Celle-ci ne reconnut pas en lui la femme élégante avec qui elle avait parlé la veille. La vitre serait remplacée le jour même, grâce à l'obligeance d'un des habitués de "La Java Bleue". Gabacho avait auparavant, dès potron-minet, conduit le Professeur Bouchemaine au lavomatic Cambacérès où il constata que les vêtements de son nouvel ami étaient, en effet, bloqués dans la machine. Ce que ses abrutis de collègues avaient pris pour de l'exhibitionnisme était, en fait, une tragédie prolétarienne. Il fallut faire appel à un dépanneur. Quand Bouchemaine eut séché son linge, Gabacho conduisit son ancien compagnon de cellule à l'hôtel des routiers, boulevard de la Liberté. Il lui promit de l'aider à trouver un studio à proximité de "La Java Bleue", ce qui lui permettrait de faire d'une pierre deux coups.

*

Quelques heures plus tard, le Professeur Bouchemaine entrait en rougissant dans la salle d'attente du docteur Heinrich Blaustrumpf von Wittlich, éminent psychiatre autrichien installé dans la ville depuis un quart de siècle. Après la scène du lavomatic, après la nuit au poste, Bouchemaine s'apprêtait à connaître une nouvelle humiliation : rencontrer un psychiatre et lui avouer que, depuis plusieurs jours, il était déprimé.

En bon Français, le cartésien Bouchemaine n'avait jamais cru à la dépression. Il pensait que les déprimés étaient des personnes faibles, peu courageuses, portées sur les arrêts de maladie, et qu'il leur aurait suffi de se remuer pour guérir en vingt-quatre heures. Or, voici que Bouchemaine, qui avait consulté un gros livre sur le sujet à la bibliothèque universitaire, admettait aujourd'hui qu'il ressentait tous les symptômes de la dépression. Chaque nuit, il se réveillait à 3 heures, le plus souvent au milieu d'un cauchemar où Laurence s'éloignait de lui en tenant par la main un homme vêtu de noir et au visage masqué. Bouchemaine cherchait à lui parler, à lui crier son amour, à lui hurler qu'elle était la femme de sa vie. Mais aucun son ne sortait de sa bouche, et Laurence partait avec l'inconnu en ricanant. Le Professeur se tournait alors dans son lit, taraudé par six ans de souvenirs, puis allait vomir avant de sombrer dans une incontrôlable crise de sanglots.

Certaines nuits, une chanson de Barbara le hantait de sa cruelle et lancinante rengaine.

> *Du plus loin qu'il m'en souvienne,*
> *- Si, depuis, j'ai dit "Je t'aime"-,*
> *Ma plus belle histoire d'amour, c'est vous !*

La matin, il carburait au café et aux cigarettes (la rigueur des temps l'avait fait passer des Dunhill aux Gauloises), mais en fin d'après-midi il retrouvait une relative sérénité. Il avait perdu tout appétit et constaté que la relève du matin n'avait plus cette altière et conquérante virilité dont il se flattait naguère quand il pénétrait dans la salle de bains pour se raser. Grâce à l'obligeance de son médecin généraliste, Bouchemaine avait pu obtenir un rendez-vous sur le champ.

*

Heinrich Blaustrumpf von Wittlich était un aristocrate

de cinquante ans. Une barbe à la Freud, des épaules carrées, le ventre rebondi, un gros cigare aux lèvres, il avait un sourire engageant, et Bouchemaine se sentit tout de suite à l'aise avec lui.

- Mon cher Professeur, déclara Blaustrumpf, je vous ai pris en dehors de mes heures de consultation pour que nous puissions faire le point sans être importunés par mes crétins de malades. En vérité, c'est la nuit que je consulte, de 23 à 3 heures du matin. J'aime travailler ainsi, et je vous avouerai - nous sommes entre gens du même monde -, que ces horaires ont fait ma réputation. Quand je donne un rendez-vous à 2 heures du matin, mes désaxés en concluent que j'ai un agenda bien rempli.

- Je vous remercie, en tout cas, de m'avoir reçu si rapidement.

- C'est bien naturel. J'ai rendu quelques services à votre généraliste, lequel m'a également refilé des cinglés inguérissables, et qui, dès lors, me permettent de survivre, malgré mes quatre pensions alimentaires. Mais, dites-moi, cher Professeur, qu'est-ce qui vous amène dans mon cabinet ?

Avec un remarquable sens de la synthèse, Bouchemaine raconta son odyssée conjugale. Il parla d'Isabelle, son épouse, et de Laurence, la femme de sa vie. Puis il décrivit avec netteté les symptômes qu'il ressentait. Blaustrumpf prit quelques notes. De temps à autre, il hochait la tête, souriait et tirait à lèvres goulues sur son cigare.

- Très bien, très bien, tout ça. Votre cas me paraît fort

classique. Tous les hommes de cinquante ans en sont là. Votre diagnostic est juste. Vous êtes déprimé, mais c'est une dépression réactionnelle. Sur le plan chimique, je peux vous aider. Dans quelques semaines, vous vous sentirez un autre homme. Une pilule de Prozac par jour, et vous allez péter le feu. Vous avez eu une éducation puritaine, j'imagine ?

Bouchemaine acquiesça.

- Fort bien. D'ailleurs, ça ne me surprend pas. Sans les religions, les psychiatres seraient au chômage. Évidemment, il faudra plus d'une session pour vous débarrasser de ces fariboles. J'imagine que vous vous sentez coupable d'avoir abandonné votre femme et qu'en plus vous cherchez à savoir pourquoi votre copine vous a largué ? Normal, très normal. Or, je vous ferai bientôt découvrir la clef du bonheur. Ce qui compte, c'est le présent, pas le passé ou l'avenir. Et, d'ailleurs, je suis persuadé que notre destin est inscrit dans les astres. J'ai moi-même divorcé quatre fois, et je peux vous dire que j'ai tellement oublié le passé que je ne me souviens même plus du prénom de ma première femme. À propos, j'imagine que votre libido a du plomb dans l'aile ?

Le Professeur acquiesça de nouveau.

- Normal. À cinquante ans, les connections cérébrales se font moins bien et, dès lors, les érections sont ce que les psychiatres espagnols appellent des érections Dali, c'est-à-dire des érections molles. Bon, tout ça n'est pas très grave. Je vous conseille d'aller régulièrement voir des films pornos. C'est nul, archinul, mais ça peut faciliter le réveil de la libido.

Le vrai spectacle, d'ailleurs, est dans la salle, pas sur l'écran. Autre truc simple : vous vous garrottez la base du sexe avec un élastique, ce qui accélère la vasodilatation. Certains sexologues japonais recommandent des frictions à l'ail. Peu coûteux, en tout cas. La prochaine fois, je vous ferai une ordonnance pour des injections de misosylyte et vous montrerai comment faire. Enfantin ! Et en plus, c'est indolore. Il y a bien l'arsenic, mais, franchement, j'hésite à en prescrire. Les pharmaciens ne peuvent plus lire mon écriture.

- L'arsenic ?

- Eh oui, en dose infime, cela va sans dire. Le problème avec cette saloperie, c'est qu'il suffit d'une erreur minime pour passer de vie à trépas. Cela dit, cet excellent aphrodisiaque est une thérapie du passé.

- N'y a-t-il pas aussi des pilules d'ecstasy ?

Blaustrumpf éclata de rire.

- Oui, le méthylène dioxyde amphétamine ou MDA, alias la pilule d'amour. Un très vieux produit, en fait, qui a repris du poil de la bête en Californie il y a une douzaine d'années. On l'extrait du sassafras et de la noix de muscade. Ce n'est pas en pharmacie que vous en trouverez. Au reste, c'est un médiocre stimulant, et je vous le déconseille. Non, non, faites confiance à mes injections de misosylyte. J'ai connu des malades qui, avec des produits comparables mais moins performants, en arrivaient à un véritable priapisme. Ils ne débandaient pas pendant quinze jours. Croyez-moi, c'est gênant, très gênant, surtout dans l'enseignement libre. Bref, résumons. Antidépresseur et élastique dès aujourd'hui. Misosylyte dans quinze jours. Cela dit, il faudra aussi aller au fond des choses. Puis-je vous demander quel est le signe de Laurence ?

- Son signe, que voulez-vous dire ?

- Son signe du zodiaque, évidemment.

Bouchemaine eut un sourire.

- Verseau.

- Hum... Et celui de votre femme ?

- Lion.

- Diable... Et le vôtre ?

- Vierge, mais je ne vois vraiment pas...

Blaustrumpf écrasa son cigare dans le cendrier. Puis il saisit un vaporisateur de Mitsouko et se parfuma la barbe.

- Excusez-moi, j'adore les parfums d'Orient... Bon, mon cher Professeur, et ceci en stricte confidence, j'ai mis au point un traitement révolutionnaire. Pendant quinze ans, j'ai été freudien, comme tout le monde. Le complexe d'Œdipe, le stade phallique, la relation objectale, la peur de la castration, oui, j'ai cru dur comme fer à toutes ces foutaises. J'ai pratiqué, moi aussi - j'en rougis aujourd'hui -, la thérapie du silence. Mes givrés s'allongeaient sur le divan. Je les laissais parler. En général, ils ne disaient pas grand-chose.

Pendant ce temps, pour m'éviter de m'endormir, je lisais des romans. Proust. Benoit. Nabokov. Fallet. Tournier. Sulitzer. Cinq ans après, mes patients étaient toujours aussi givrés, et ils avaient coûté la peau des fesses à la Sécu. Et puis, un jour, j'ai fait une découverte capitale. Comme toutes les grandes découvertes - songez à Pasteur ou à Curie -, elle était le fruit du hasard. Pour m'amuser sur mon MacIntosh tout neuf, j'avais entré dans mon ordinateur toutes les dates de naissance et les syndromes de mes malades. Et la vérité m'est alors apparue, dans sa nudité scientifique: dans 99 pour cent des cas, la maladie psychiatrique dépend des signes du zodiaque. Pour vous donner quelques exemples, les Scorpions sont des destructeurs, les Vierges des obsédés sexuels, les Gémeaux des mythomanes cyclothymiques, les Verseaux des psychasthéniques. Si je vous disais que 98 pour cent des syndromes de Korsakow que j'ai rencontrés étaient des Poissons. 97 pour cent des délires de Krestschmer étaient des Sagittaires. 96 pour cent des cas d'hébéphréno-catatonie étaient des Scorpions. Avez-vous remarqué que tous les grands humoristes français, de Jarry à Perret, sont nés un 8 septembre et les meilleurs écrivains, de Genet à Tournier, un 19 décembre ? Hallucinant, non ?

- Mais vous ne pouvez pas changer le signe du malade, et dès lors vous ne pouvez pas le guérir...

- Excellente remarque, cher Professeur. Non, vous avez raison, je ne peux pas demander aux astres ou aux planètes de faire marche arrière. En revanche, je puis amener le malade à mieux se connaître, à savoir les chemins qu'il doit éviter, et dès lors, à éviter la répétition de certains actes, la lancinante répétition des structures. C'est le schéma du *Wiederholung* qui nous empoisonne la vie. Repérer une structure est le premier pas de la guérison... Eh oui, ce sont toujours les mêmes personnes qui ont les mêmes ennuis, les mêmes hommes qui rencontrent toujours les femmes qui vont les larguer, les mêmes séductrices qui ne peuvent que séduire. Oh, j'en suis un bel exemple: quatre mariages ratés, mais c'était à l'époque où j'étais freudien. Surtout, Professeur, ne vous remariez pas, ou ce serait l'échec à nouveau. Qui a bu boira. Qui a largué larguera. Un clou chasse l'autre, oui, mais en général le deuxième clou est le jumeau du premier. *Wiederholung*, je vous dis, *Wiederholung*. Au fait, vous connaissez l'allemand ?

- Je suis agrégé d'allemand. Je suis venu au sanskrit par la suite.

Blaustrumpf parut flatté.

- Ah, quand je pense que j'ai cru pendant si longtemps à l'influence de la mère ! Je me souviens avoir soutenu cela à un colloque à Paramaribo, en 1970. Il faut dire que c'était tous frais payés et que j'aurais soutenu n'importe quoi. Bref, je disais que les homosexuels l'étaient devenus à cause de leur mère. Eh bien, je peux vous affirmer aujourd'hui, statistiques à l'appui, que c'est génético-zodiacal. Si l'on était pédé à cause d'une mère, tous les hommes seraient pédés. Freud me fait marrer. Ce n'était pas un scientifique, mais un poète, excellent d'ailleurs. Vous avez eu envie de coucher avec votre mère, vous ?

- Elle est morte à ma naissance.

- Je m'en serais douté. Beaucoup de Vierges, d'ailleurs, n'ont pas connu leur mère, ce qui est dans la logique des choses puisque la Vierge elle-même n'avait pas de père. Bon, j'ai aussi des statistiques là-dessus... Mais je prends votre temps, excusez-moi, Professeur. Mais, que voulez-vous, c'est rare d'avoir un interlocuteur de haut vol. La plupart de mes givrés, croyez-moi, sont vraiment fous à lier. Ils soutiennent avec un imperturbable sérieux les théories les plus idiotes, et ils y croient, ils y croient ! Allez, je vous laisse. Non, non, ne sortez pas votre carnet de chèques. Les hommes de cinquante ans doivent se serrer les coudes. Quinquagénaires de tous les pays, unissez-vous ! Je m'en voudrais de vous extorquer un centime, alors que vous devez, comme moi, passer vos soirées à signer des chèques. Les chèques d'une réussite, si vous me permettez ce vilain jeu de mots. Oui, les hommes de cinquante ans sont tous dans la même putain de galère. Pendant ce temps-là, leurs femmes entassent les actions et les SICAV. Bon, revoyons-nous dans quelques jours. Il suffit de prendre contact avec moi à ce numéro-là. Ne téléphonez pas à mon cabinet. Ma secrétaire comprend tout de travers. Il faut dire que la pauvre mignonne est Bélier.

*

Quelques minutes plus tard, Bouchemaine se retrouvait square Jean-Cocteau, où il avait garé sa voiture. Encore frappé par les théories de Blaustrusmpf, il ne se rendit pas compte qu'une BMW grise le suivait, celle d'Antinéa, la meilleure amie de sa femme. Depuis que son richissime banquier l'avait quittée pour une jeunette l'année précédente, elle vouait une haine farouche à tous les hommes, sauf les Noirs. La même BMW s'arrêta près du parking des routiers. Elle redémarra lentement quand, deux heures plus tard, Bouchemaine reprit la route pour aller prendre son premier dîner à "La Java Bleue"

5

Le soir tombait. Sous les puissants phares du 38-tonnes, la mini-ZUP, balayée par la pluie, prenait un côté irréel. Anne-Soleil regarda sa montre : 20 h 20. Elle était dans les temps et arriverait juste à l'heure, impasse Pasolini, pour cueillir Loupette qui fêterait ce soir son dix-neuvième anniversaire. Événement que les deux femmes iraient fêter à "La Java Bleue" où Anne-Soleil, d'une cabine de l'autoroute, avait retenu deux couverts.

La camionneuse leva le pied de l'accélérateur. Elle venait d'apercevoir sur la droite un homme en noir arrêté sur le bas-côté du boulevard. Un auto-stoppeur sans doute. Elle constata bientôt, non sans surprise, qu'il s'agissait d'un ecclésiastique. Anne-Soleil remarquait plus facilement les jupettes que les braguettes, mais elle avait reçu à la Martinique, sous la revêche férule de sa mère, une parfaite éducation religieuse. Un homme de Dieu est toujours sacré, surtout quand il porte une robe. Anne-Soleil pila sur place, dans un gémissement de plaquettes usées. De la main droite, elle fit signe au prêtre de monter.

Celui-ci s'engouffra dans la cabine en serrant contre lui une grosse valise noire, couleur de sa profession.

- Merci de vouloir me monter, dit-il dans un français approximatif. Ma voiture en panne est tombée.

L'homme était jeune, une trentaine d'années tout au plus. Sa chevelure, d'un blond vénitien, le faisait ressembler à Robert Redford. Anne-Soleil s'étonna qu'il fût en soutane, mais cela faisait dix ans qu'elle ne comprenait plus rien à l'Église, à ses volte-face si féminines, à toutes ses réformes incohérentes et à sa condamnation pathologique de l'homosexualité, alors que tant de papes s'étaient illustrés dans ce domaine.

Du haut de son 38-tonnes, Anne-Soleil entrevoyait, à travers le ballet lancinant des essuie-glaces, la grisaille de la ville. Tout, d'ailleurs, ici était gris : la rivière terreuse, les façades des maisons, les bâtiments publics, les hôpitaux, la gare et les écoles. Les habitants eux-mêmes avaient épousé la couleur de la cité, connue à travers la France pour ses magasins de parapluies, d'imperméables et de bottes. Ils s'habillaient de stricts complets-vestons anthracite ou de longues robes noires en toile de jute, d'une puritaine sévérité. On s'y lavait au savon de Marseille ou à l'eau de Javel. Une seule parfumerie, fréquentée par les touristes étrangers, avait pignon sur rue. Les habitants de la ville ne sortaient jamais sans leurs manteaux gris et leurs cache-cols, même durant les brèves heures d'été, lequel ressemblait étrangement à l'hiver. Les derniers sex-shops avaient fermé quelques années auparavant, et les rares salles de cinéma y programmaient des films comme *Les Parapluies de Cherbourg*, *Singing in the Rain* et *20 000 lieues sous les mers.*

Anne-Soleil regrettait l'éclat des Caraïbes, la polychromie de sa Martinique bien-aimée, la joie de vivre des îles lointaines, la sensualité des tropiques. Dans cette capitale du crachin et des courses de vélo, elle avait le sentiment que chacun vivait et thésaurisait dans l'attente de la mort. Les nombreux cimetières, parfaitement entretenus, étaient d'ailleurs la promenade préférée de ses habitants. Un jour, elle repartirait vers Le Mome-Rouge, son village natal, vers la vie, vers le soleil et le bonheur, avec Loupette, bien sûr, qui ne l'abandonnerait jamais.

- Nous arrivons dans la ville, dit-elle en rétrogradant, car son camion venait de bondir sur la dernière ligne droite, totalement déserte, où les policiers se postaient avec leur radar, sûrs de cueillir à peu de frais les délinquants de l'accélérateur.

D'un puissant coup de rein, le camion enjamba la voie ferrée, au moment même où se profilait, en contrebas, le nez d'une motrice dans sa tenue de soirée grise soutachée d'orange. Menée par une accorte locomotive, le train-couchettes Runavel-Menton étirait lascivement ses longues voitures bleu-nuit, sous le halo glacé des lampes à sodium indifférentes à la musicale partition des essieux trépidants et des moites liaisons extra-ferroviaires.

- Je suis pressée, reprit Anne-Soleil, mais je puis vous déposer dans le centre... Vous n'êtes pas français ?

- Hollandais. Je vais voir confrères. Me descendre dans le centre ? Très bien, très bien. Mes frères me viendront chercher.

Le 38-tonnes, justement, négociait le virage qui conduisait à la gare. Anne-Soleil fit descendre le prêtre devant un abri-bus, rue Marcel-Proust, et reprit sa route vers l'impasse Pasolini où Loupette devait frétiller d'impatience. "Curieux curé", pensa-t-elle. Puis l'idée lui passa de la tête. Elle alluma sa quarantième Gauloise de la journée. La pluie redoublait, et les essuie-glaces avaient peine à lutter contre les trombes.

*

À la même heure, en slip noir et en soutien-gorge rouge, le commissaire Gabacho achevait sa transformation face à la glace de sa salle de bains. Une opération longue et délicate, mais l'homme avait une grande expérience. À portée de la main, il avait divers produits de maquillage, des fioles de parfums, des perruques, des paires de lunettes et même - par goût du travail bien fait -, toute une panoplie de sous-vêtements en soie. Le plus difficile, quand il se transformait en femme, était d'obtenir un rasage aussi net que possible. Pour le corps, il y avait moins de problèmes, car Gabacho était svelte et longiligne. Il lui arrivait de se mettre en minijupe, quand le jeu en valait la chandelle, mais cela nécessitait une longue et douloureuse épilation des jambes. Pour "La Java Bleue", un pantalon de toile verte suffirait.

Gabacho était intelligent. Il savait bien que cette métamorphose ne revêtait pas uniquement un caractère professionnel. Même adolescent, il aimait se travestir, et c'est la raison pour laquelle il était devenu policier. Se transformer en plâtrier était facile. Se déguiser en ecclésiastique était amusant. Mais se muer en femme lui procurait une jouissance d'ordre physique. Souvent, d'ailleurs, il lui arrivait de surprendre un regard de désir chez les hommes qu'il croisait dans ses enquêtes incognito. Ce frisson de concupiscence était loin de le laisser indifférent.

Le commissaire se donna un dernier coup de brosse, s'aspergea d'ambre, vérifia, pour la bonne règle, que son revolver de service était bien dans son sac à main. Il s'accorda un doigt de gin pour se donner du cœur au ventre. Sa montre indiquait 21 heures. Il était temps d'aller prendre son poste à "La Java Bleue".

*

Moulée dans une combinaison de cuir noir, Isabelle Bouchemaine vérifia, elle aussi, qu'elle avait bien son revolver. Puis elle avala deux pilules d'ecstasy. Une demi-heure plus tôt, elle avait reçu la visite d'Antinéa, dont la mission avait été un total succès. Ainsi donc, son salaud de mari prenait pension dans un hôtel de routiers, un hôtel de passe sans aucun doute. Sa visite au psychiatre Heinrich Blaustrumpf von Wittlich confirmait par ailleurs l'abyssale profondeur de sa folie, ce dont son épouse n'avait jamais douté. Antinéa lui avait donné l'information essentielle : Pierre Bouchemaine dînait ce soir - en tête à tête amoureux, probablement -, dans une gargote ouvrière, près de la gare, "La Java Bleue". Ce soir, si Dieu le voulait, l'imposteur Pierre Bouchemaine, ce lâche, ce polyvalent du vice, cette raclure de boxon, ce coureur de minijupes, ce dragueur de minettes - et peut-être même de minets -, ce fainéant professionnel, ce zigomard à couilles molles aurait cessé d'exister. Tout à l'heure, l'agrégé se désagrègerait sur une ultime giclée. Ce qui ne serait une perte ni pour la science, ni pour l'ensemble de la communauté féminine. Nue sous sa combinaison, Isabelle Bouchemaine frissonna. Elle aussi s'accorda un doigt de gin. L'important était de ne pas rater le charognard du campus, mais une longue pratique des arts martiaux et virils avaient donné un remarquable self-control à Isabelle. Elle enfourcha sa Mitsubishi, la fit ronronner d'un coup sec du talon et démarra sur les chapeaux de roue. Un poste, demain, serait vacant à l'université. Bon appétit, Bouchemaine, savoure bien tes dernières paupiettes !

*

Ignorant les horaires tardifs de "La Java Bleue", Bouchemaine était un des premiers clients de la soirée. Il se rendit compte qu'il conviendrait de consommer avant de dîner. Marie-Suzanne, qui sur l'instant décela en lui un intellectuel de haut vol, lui fit comprendre que le pot-au-feu du lundi ne serait pas prêt avant une bonne heure. Le menu du jour, compte tenu d'un anniversaire, comprenait fruits de mer arrosés d'une Cuisse de Bergère du pays d'Angers, pot-au-feu avec un clos-de-bèze de Bourgogne, puis un fromage au choix (cancoillotte ou crottin de chavignol).

Bouchemaine commanda un verre de rouge et, pour tuer le temps, sortit de sa poche un manuel de hongrois. Il connaissait, à des degrés divers, l'allemand, l'anglais, l'italien, le swahili (qu'il pourrait utiliser avec Ahmed), le hindi, le sanskrit, le russe, le roumain, le suédois, le grec moderne. Depuis quelques mois, il travaillait le hongrois avant de se lancer dans l'arabe. Servi par une mémoire pathologique - que les spécialistes appellent l'hypermnésie -, Bouchemaine avalait les langues comme d'autres enfilent les chipolatas ou les hamburgers.

Toutes les cinq minutes, un vacarme assourdissant faisait vibrer les vitres du restaurant. C'était un train qui glissait sur le pont. Une télévision inaudible tentait vainement de percer le passage des express et le brouhaha grandissant des voix. De temps à autre, Fax, d'un bref aboiement, saluait les habitués du lieu.

Vers 22 heures, Bouchemaine vit arriver Gabacho, dans son accoutrement de Madame Dolbiac. Les deux hommes s'étaient mis d'accord, au commissariat, sur la conduite à tenir pour éviter tout impair, et Gabacho, échaudé par sa première expérience, avait interdit à ses hommes de remettre, sous aucun prétexte, les pieds à "La Java Bleue". L'incident stupide de l'autre soir n'avait donc aucune chance de se renouveler.

Gabacho vint s'installer près de Bouchemaine, le salua courtoisement de la tête, lui serra la main. Puis, comme s'ils liaient connaissance, les deux hommes parlèrent à voix basse. Le commissaire prit une feuille de papier dans sa poche. "Je vous ai trouvé un cagibi pour vous installer. Voici l'adresse de la propriétaire. Je l'ai contactée. Elle vous attend demain matin. 1 400 francs par mois, charges comprises. Aucune caution et pas de loyer d'avance. C'est donné, par les temps qui courent, mais la propriétaire a un vilain dossier dans mon frigidaire secret. Elle ne peut rien me refuser".

Un flot de visiteurs se présenta soudain, comme à la queue leu leu. Marie-Suzanne nota l'arrivée du Crocodile, la pipe vissée entre les dents. Puis surgit Le Poisson, la métisse anorexique en marinière grunge et minijupe bariolée rouge et noir, tenant à la main *Les Raisons d'un silence* de Béraud, qu'elle venait de dénicher dans une brocante. Son corps gracile alla se lover entre la table du fond et le flipper. Quart-de-Couille se hissa à la force des poignets sur le rebord du zinc pour commander un baby. Parut alors Parkinson, le sexagénaire, vêtu d'une veste rouge, d'une chemise à rayures vertes et d'un pantalon blanc. Ancien professeur agrégé de lettres au lycée de Condom (Gers), docteur d'État pour une thèse sur Théodore de Bèze, il vivait de corrections d'épreuves d'imprimerie. L'odeur d'ail qui émanait de sa personne fit déguerpir Fax vers les toilettes. Révoqué pour une plaisante histoire de mœurs, Parkinson s'était réfugié - par esprit de pénitence -, dans la capitale du crachin. Seule, Marie-Suzanne connaissait sa véritable identité. Parkinson était, en fait, le nom de la maladie qui l'avait frappé à sa sortie de Clairvaux. Tous ses membres tremblaient en permanence, mais le cerveau avait conservé une redoutable acuité. Il s'intéressait à l'ail, aux trains et aux écrivains anarchistes.

Dans la foulée, on vit arriver La Touille qui, à

l'accoutumée, prononça quelques mots inaudibles, puis l'adjudant Pige-que-Couic, fleurant bon l'eau de Javel et le parfum Fleur-de-Lisier. Il réclama un couscous alors que c'était le jour du pot-au-feu. Survint alors Anne-Soleil, la camionneuse martiniquaise, tenant par la main la très sensuelle Loupette, une petite blonde musclée qui, à l'évidence, ne portait pas de soutien-gorge sous son T-shirt noir où se détachaient les yeux colorés du Bouddha de Kathmandou. Discrète, sa minijupe groseille s'arrêtait au ras du string.

Peu à peu, les habitués s'étaient installés. Marie-Suzanne décida de regrouper à la même table Madame Dolbiac, Bouchemaine, Anne-Soleil et Loupette puisque ceux-ci n'avaient pas encore de places attitrées. Ils se saluèrent courtoisement, et Gabacho crut noter un regard concupiscent dans l'œil de Loupette. Bien que Anne-Soleil fût assise à côté de Gabacho, elle ne reconnut pas le commissaire, dont la voix était de toute façon couverte à la fois par les beuglements de la télévision qui diffusait le match Lyon-Châtellerault, par la cacophonie prolétarienne du restaurant, les borborygmes du flipper et l'incessant roulement des trains. Pour faire bonne mesure, Fax se mit à aboyer, sans pour autant prêter patte forte à Ahmed quand celui-ci sortit par le col un client qui, depuis des jours, refusait d'apurer son compte. Il le souleva du sol et le jeta par la porte ouverte. L'homme s'effondra sur le macadam, cinq marches plus bas, et en tira quelques conclusions. Montèrent alors de la platine les premières notes de *La Java Bleue*. Planté devant son apéritif, une Gitane maïs coincée sur son oreille gauche, Pige-que-Couic tournait les pages du catalogue de la CAME

(Coopérative de l'armée métropolitaine en exercice). On y proposait, à des prix très étudiés, des week-ends à Verdun, une semaine sur les plages du débarquement, et un séduisant circuit avec visite commentée de Saint-Cyr, Saint-Maixant, Autun et Saumur en véhicule chenillé d'époque.

Cachée derrière une des vitres du restaurant, Isabelle Bouchemaine observait la scène. Son impuissant de mari était bien là, entouré de trois putes, comme si une ne suffisait pas. Il y avait là une femme longiligne d'un certain âge, une mère maquerelle sans aucun doute. À la droite de Bouchemaine, une blondasse au corps d'anguille se tortillait sur sa chaise. En face de celle-ci, une Noire à cheveux ras fumait un cigarillo. Laquelle de ces trois fendues était la maîtresse de son mari ? Isabelle opta pour la petite traînée aux yeux de Bouddha. L'idéal serait de réussir le grand schelem et d'abattre, coup sur coup, Bouchemaine et la roulure à cheveux blonds.

Isabelle respira profondément, et elle vit que ses mains tremblaient. Elle regrettait d'avoir bu du gin et avalé quelques pilules d'ecstasy. Elle ressentait désormais en elle des désirs dont la lascivité n'avait rien à voir avec la balistique. Des fantasmes inopinés jouaient une valse effrénée dans son cerveau et venaient chauffer à blanc une zone bien précise de son anatomie. "J'ai envie d'être prise comme une chienne", pensa-t-elle, ne se rendant pas compte que l'image canine avait été déclenchée par les aboiements du berger allemand.

À cet instant précis, un car de gendarmerie, circulant

à la périphérie de la ville, remarqua une voiture mal garée sur le bas-côté de la chaussée. Les représentants de la loi descendirent, firent le tour de l'automobile et remarquèrent qu'elle était immatriculée dans les Pays-Bas. Une voiture volée, sans doute ? La portière, d'ailleurs, n'était même pas fermée à clef. Par radio, les gendarmes appelèrent la fourrière.

*

Pour essayer de reprendre ses esprits, Isabelle Bouchemaine décida d'aller au "Béraud" prendre un café et fumer une cigarette. Un seul client, un ecclésiastique à soutane, était là, plongé dans la lecture de ce qui devait être son bréviaire. Taraudée par ses pilules d'ecstasy, Isabelle imagina qu'il s'agissait de Richard Chamberlain. Elle dégrafa largement le haut de sa veste de cuir, prit une pose provocante et chercha à attirer le regard du prêtre. Derrière un comptoir constellé de taches de vin et de fientes de mouches, la patronne sommeillait le nez sur la page Horoscope de *Femme actuelle.* Le vrombissement régulier des trains ne semblait en rien perturber son sommeil.

Richard Chamberlain releva la tête. Sans doute la prière du jour était-elle terminée. Mais, au lieu de remarquer Isabelle Bouchemaine et sa poitrine ouverte, il donna un coup d'œil à l'horloge puis à sa montre. Outragée, la femme à combinaison de cuir jeta une pièce de dix francs sur le comptoir et sortit en claquant la porte. Les hommes, décidément, étaient tous les mêmes. La vraie beauté les laissait de marbre, qu'ils aient ou non fait vœu de chasteté. Seul comptait pour eux le sexe brut, la baise à la hussarde, la tringlette de cinq à sept. "Tous des bêtes", hurla-t-elle en titubant sous les rafales, "tous des chiens qui ne pensent qu'à se faire pomper le dard". L'ecstasy lui donnait des hallucinations, et elle aperçut, derrière un des piliers du pont, Alain Delon qui l'attendait pour l'empaler. "Viens donc, salaud", cria-t-elle. Son invitation fut couverte par le passage d'un long autorail blanc et bleu, qui regagnait son dépôt de Sotteville.

Elle se trouvait à nouveau devant "La Java Bleue". Un coup d'œil la rassura: l'obsédé du campus était toujours là, entouré de sa grande perche ripolinée, de sa bamboula sénégalaise et de sa minette à T-shirt. Sur le pont, un petit locotracteur, ahanant de tout son diesel, refoulait une rame de voitures vides. Cette fois, Isabelle Bouchemaine n'hésita pas. Elle sortit son revolver, visa en diagonale le cerveau de son mari et tira. Le bruit de la détonation fut couvert par le roulement d'un express. L'instant d'après, elle tirait à nouveau, cette fois, en direction des yeux de Bouddha. Le bruit de la déflagration ponctua le court instant de silence qui suivait toujours le passage d'un train. On entendit un cri de douleur. Sans attendre le résultat de son double carton, qui ne pouvait guère faire de doute, l'amazone en cuir avait enfourché sa Mitsubishi et disparu dans la nuit.

La première balle avait fait sauter en éclats la vitre remplacée le jour même. La seconde avait atteint Loupette qui s'était effondrée sur le plancher, baignant dans son sang. Le cri de douleur était celui d'Anne-Soleil qui s'était précipitée vers son amie en hurlant.

- Loupette, mon amour ! Loupette, ne me quitte pas ! Je t'aime, ma chérie, je t'aime !

Ahmed avait bondi vers la porte mais n'avait aperçu que les feux rouges de la moto qui s'éloignait sous la pluie. Tandis que Fax hurlait à la mort, Marie-Suzanne s'était précipitée vers le téléphone et avait appelé police-secours.

Au commissariat, le préposé aux appels se tourna vers ses collègues en train de faire une belote. "Il y a de la castagne à "La Java Bleue", les gars. Mais le patron nous a bien dit de n'aller là-bas sous aucun prétexte".

Les policiers replongèrent dans leur partie de cartes. Au même instant, Loupette agonisait sur le carrelage de "La Java Bleue".

6

Prisonnier de son rôle, Gabacho ne pouvait bouger. Mais une des clientes, une jeune rouquine vêtue d'un débardeur marron à rayures vertes et d'un minishort en jeans, se précipita à son tour vers le corps inanimé de Loupette. Sans hésiter, elle souleva le T-shirt, localisa la blessure sur la poitrine et y appuya son mouchoir. Marie-Suzanne se sentit rassurée : cette femme était le docteur Guizot, dite Julie la Rousse, chef du service de réanimation cardiaque à l'hôpital. Une fois par semaine, elle venait s'encanailler avec son amant, Michou, un peintre en bâtiment dont le coup de pinceau était très apprécié.

- Pas une minute à perdre. Il faut la conduire à l'hôpital. Elle perd beaucoup de sang. N'attendons pas les flics. Allons-y !

Anne-Soleil saisit dans ses bras le corps ensanglanté de Loupette et, Julie sur les talons, se précipita sous la pluie vers son 38-tonnes garé dans le parking qui séparait "La Java Bleue" de la voie ferrée. Elle allongea son amie sur la banquette, à l'arrière de la cabine. Le médecin s'installa près de la blessée, essayant de comprimer au mieux le flot de sang qui s'échappait de sa poitrine.

Le 38-tonnes, dont le moteur et la boîte noire étaient trafiqués, vrombit comme un boeing en bout de piste et décolla dans un crissement de pneus. Anne-Soleil brûla le stop du parking puis le feu rouge à hauteur du pont. Quelques minutes plus tard, elle passait la quatrième devant le palais de Justice. Bientôt, le puissant poids-lourd roulait à 110 à l'heure. En raison de la pluie, il y avait peu de circulation ce soir-là. Tout se passa bien jusqu'au carrefour du boulevard Kitchener et de l'avenue Radiguet. Anne-Soleil aperçut in extremis la camionnette de la fourrière qui lui barrait la route. Elle donna un violent coup de volant sur la gauche mais ne put éviter de toucher l'arrière du véhicule. Sous l'impact du choc avec le 38-tonnes, l'engin se retourna comme une crêpe et fit trois tonneaux. Mais Anne-Soleil était passée et poursuivait sa course. Deux minutes plus tard, elle surgissait dans l'allée intérieure de l'hôpital, et le camion s'immobilisa, dans une gerbe d'étincelles et un concert de freins maltraités.

L'instant d'après, grâce à la diligence de Julie la Rousse, Loupette se retrouvait au service des urgences.

*

Au même moment, le docteur Heinrich Blaustrumpf von Wittlich pénétrait dans la discrète ruelle Fassbinder où clignotaient les lumières du "Bulgare". Il sonna. Rachel, le patron, ouvrit la porte et accueillit le médecin en lui donnant un baiser sur la joue. Blaustrumpf était un habitué.

À cinquante ans, après quatre mariages ratés et vingt-deux maîtresses, Blaustrumpf avait découvert qu'observer le comportement homosexuel de ses semblables lui procurait un plaisir inédit. Trop âgé pour envisager une reconversion, trop prudent d'ailleurs pour le faire à l'ère où les virus jouaient les gendarmes de la moralité contemporaine, le psychiatre, peu exigeant, se contentait de mater. Il se sentait bien dans ce milieu en marge de la dictature majoritaire. Et, du reste, "Le Bulgare" accueillait aussi des curieux, quelques lesbiennes peu farouches et des *fruit flies*, comme les appellent les Anglo-Saxons, ces femmes qui aiment la compagnie des pédés.

Une lumière tamisée empêchait de distinguer les visages des clients mais, de temps à autre, la valse des spots lumineux dévoilait des couples enlacés. À partir de minuit, "Le Bulgare" était plein comme un train de Bombay à l'heure de pointe. Des mains s'égaraient alors, se cherchaient, procédaient à quelques courtoises incursions anatomiques, lesquelles, après tout, pensait Blaustrumpf, n'ont jamais fait de mal à personne. Le volume des décibels interdisait toute conversation et couvrait la symphonie en rut majeur des fermetures-éclair bien huilées. Les toilettes constituaient un salon de haute convivialité, comme si l'homosexualité amenait un inquiétant dysfonctionnement de la prostate. Tout près, une arrière-pièce, encore moins éclairée, accueillait quelques aventuriers, qui se livraient à des travaux pratiques plus gratifiants.

Moulé dans un jeans tailladé au cutter, un jeune homme d'une vingtaine d'années s'approcha de Blaustrumpf, le salua d'un sourire et lui demanda s'il désirait des poppers ou de l'ecstasy. Or, le psychiatre n'avait besoin ni de nitrite d'amyle ni de drogue, puisqu'il s'était fait, une demi-heure avant de se rendre au "Bulgare", une injection de misosylyte dont il pouvait, la main dans la poche, constater avec ravissement la tangible efficacité. L'allusion à l'ecstasy lui remit en mémoire sa conversation avec le Professeur Bouchemaine, et, par conscience professionnelle, il chercha à en savoir plus.

- On trouve facilement de l'ecstasy ?

L'éphèbe lui passa la main dans le bas du dos puis s'approcha de son oreille.

- *No problem.* Je me ravitaille comme je veux. La demande est forte, mais, entre copines, je te fais un prix d'ami.

- Merci. Pas ce soir. Demain, peut-être...

Les haut-parleurs diffusaient un tube de Tom Waits. Il y était question d'un homme seul avec sa valise cabossée. Blaustrumpf songea qu'à son âge tous les hommes avaient l'âme cabossée, ou du moins tous ceux qui refusaient de mouiller l'ancre, ceux qui continuaient à vouloir découvrir les plaisirs que la vie leur offrirait dans l'ultime ligne droite des derniers beaux jours.

*

Julie Guizot avait troqué son short pour la blouse blanche. Sous la scialytique de la table d'opération, elle contemplait, d'un oeil clinique, le corps nu de Loupette. Celle-ci était sauvée. La balle avait traversé la poitrine à quelques millimètres du cœur. Après trois ou quatre jours d'hospitalisation, il n'y paraîtrait plus rien. Le médecin songea que la jeune fille blonde ne serait plus en vie à cette heure si, par une heureuse coïncidence, elle-même ne s'était pas trouvée là à "La Java Bleue". Elle sortit du bloc opératoire et se dirigea vers Anne-Soleil, effondrée dans un fauteuil.

- Loupette est hors de danger. Dans une semaine, elle aura quitté l'hôpital.

La camionneuse regarda le médecin d'un air absent, comme s'il lui fallait quelques secondes avant de comprendre la teneur du message. Puis son visage se détendit et elle éclata en sanglots.

- Merci, merci. Je n'oublierai jamais. Sans Loupette, je n'aurais pas pu vivre. La vie n'aurait plus eu de sens.

Julie fut touchée par cette marque d'amour. Elle-même ne pensait pas autrement. Sans Michou, sa vie serait privée de sens. Elle se heurtait souvent à l'ironie bourgeoise de ses confrères, qui ne comprenaient pas comment un médecin de l'hôpital pouvait partager la vie d'un peintre en bâtiment. Mais le véritable amour, pensa-t-elle, souffle où il veut. Il se moque de l'âge et des conventions.

Elle s'apprêtait à dire tout cela à Loupette, quand deux policiers pénétrèrent dans le couloir. Ils claquèrent des talons et interpellèrent Anne-Soleil.

- C'est bien à vous, le camion ?

La Martiniquaise acquiesça.

- Eh bien, vous êtes en état d'arrestation. Vous avez brûlé dix feux rouges, causé un grave accident en plein centre ville, détérioré la camionnette de la fourrière et rendu hors d'usage la voiture qu'elle transportait. Un radar vous a surprise à 110 à l'heure en plein centre ville. Tout cela va aller chercher loin. Allez, au poste !

- Je dois voir une amie qui vient d'être opérée...

- Eh bien, vous la verrez quand vous sortirez de prison. Allez, en route, pas de discussion !

- Mais j'ai un chargement de concombres à prendre demain matin à Rungis.

- Vos concombres, vous pouvez vous les mettre où je pense. À partir de maintenant, plus de concombres mais des patates à l'eau !

Un bruit métallique se fit entendre, et Anne-Soleil se retrouva avec les menottes.

*

À "La Java Bleue", l'attentat avait jeté un froid sur le pot-au-feu, et les commentaires allaient bon train. Par quatre fois, Marie-Suzanne téléphona à police-secours, car elle avait besoin d'un constat pour les assurances. La police, curieusement, ne se manifestait toujours pas.

- Les flics ne sont jamais là quand on a besoin d'eux, déclara Le Crocodile en se tripotant le nez, ce qui indiquait chez lui une profonde irritation.

Branlant du chef, Parkinson, expert en apophtegmes sentencieux, y alla de son commentaire historique.

- Méfiez-vous des traîneurs de sabres et des porteurs de goupillons. Je déteste tous les uniformes. Ceux des militaires, des policiers, des cardinaux, des infirmières, des magistrats, des garde-chiourme, des sous-chefs de gare. L'uniforme est l'antichambre du fascisme.

Ahmed, justement, penchait pour un attentat raciste. L'adjudant Pige-que-Couic, le nez dans sa bière, avait compris qu'il s'agissait du tournage d'un téléfilm et espérait se voir bientôt sur le petit écran. La Pieuvre y voyait un drame de l'alcoolisme, Rachel la manifestation de quelque apartheid envers les lesbiennes. À son habitude, Le Poisson gardait le silence, mais n'en pensait pas moins. Personne n'entendit les commentaires de La Touille. Quant à Gabacho, il ne doutait pas que ce double coup de feu était lié à son enquête sur l'ecstasy. Ainsi donc, il était tombé juste, et "La Java Bleue", où l'on réglait ses comptes avec un revolver, était bien un des maillons essentiels du réseau. Pour quelque obscure raison qu'il se promettait bien de découvrir, les dealers s'entretuaient. Loupette était-elle visée ? C'était possible, mais non certain. Le tireur, déporté pas les coups de boutoir du vent, avait très bien pu rater sa vraie cible. Mais qui alors ? Parkinson ? Le Poisson ? Le Crocodile ? Pige-que-Couic ? Julie la Rousse ? Michou ? Ahmed ? La Touille ? Seul Bouchemaine n'était pas suspect puisqu'il était là pour la première fois.

Il se sentait, d'ailleurs, étranger au drame. Ce qui l'avait touché, c'était la douleur d'Anne-Soleil. Ainsi donc, des femmes pouvaient aimer ? Ainsi donc, elles n'étaient pas toutes des feux follets ? Il reprenait soudain goût à la vie. Il se forcerait à oublier Laurence, à l'occulter de sa mémoire, à piétiner un à un tous ses souvenirs, à détruire ce qu'il avait adoré et qui, sans doute, n'avait été qu'un jeu d'ombres et de miroirs, un frisson d'eau sur de la mousse.

Le pot-au-feu fut triste et venteux, car les rafales se glissaient à travers la vitre brisée. Mais un coup de téléphone de l'hôpital relança soudain l'appétit: Loupette était sauvée ! Des acclamations accueillirent la nouvelle. Marie-Suzanne entonna le *Tantum ergo* puis offrit une tournée générale de clos-de-bèze. Bientôt, le taux d'alcoolémie atteignait son point maximum, et le retour de Julie fut salué par des hourrahs.

- Il faut que je file, glissa Gabacho à l'oreille de Bouchemaine. Ouvrez l'œil. Vous me direz demain si vous remarquez quelque chose d'anormal ce soir.

*

Isabelle Bouchemaine émergea de sa combinaison de cuir noir et se regarda dans la glace de sa chambre. Son visage n'avait pas une ride, son ventre pas une vergeture, ses jambes pas une varice. Ses seins étaient fermes, sa taille parfaite. Elle n'avait pas un seul cheveu blanc, et ses yeux étaient d'un pur vert émeraude. Elle se considéra de face, de profil puis de dos, ce qui fut plus difficile. "Je suis encore très belle, pensa-t-elle. N'importe quel homme normalement constitué ne demanderait qu'à me baiser trois fois par jour". Elle songea avec volupté au bain d'ambre gris qu'elle prendrait tout à l'heure, quand elle en aurait fini avec la charogne qui avait empesté si longtemps le nid conjugal. Elle se servit un large verre de gin, avala deux pilules d'ecstasy puis, persuadée d'avoir tué son mari, décrocha le téléphone.

Il était minuit, la bonne heure pour prendre contact avec le journaliste de permanence à *La Gazette*. Elle donnerait l'information et son numéro de téléphone. Le journal rappellerait quelques secondes plus tard pour vérifier qu'il ne s'agissait pas de quelque mauvais plaisant. Elle confirmerait alors l'information et dicterait la rubrique consacrée à son mari dans le *Who's Who in France*, y ajouterait quelques détails personnels. Chacun demain pleurerait à chaudes larmes la perte du Professeur Pierre Bouchemaine, agrégé de l'université et docteur d'État. L'ordure, enfin, serait à la poubelle.

*

Gabacho retourna chez lui, se déshabilla, se démaquilla et prit une douche bien méritée. Une heure plus tard, il débarquait au commissariat où ses policiers entamaient la dixième partie de belote de la nuit, surveillée par Bocard, son adjoint, dont le parfum avait une insupportable odeur de tue-mouches.

- Ah, bonsoir, patron.

- Rien de neuf ?

- Non. Ou plutôt si. Des broutilles. Des coups de feu à "La Java Bleue", mais vous nous aviez dit de ne pas bouger. Et puis, une camionneuse hystérique qui roulait à 110 à l'heure et a déchiqueté la fourgonnette de la fourrière.

- Une camionneuse ?

Bocard se rengorgea.

- Oui. Une noiraude, comme par hasard. Très agressive. Il y aura outrage à agents à retenir contre elle, et même des coups aux parties. Pour éviter qu'elle ne se pende avec ses habits, on a dû la déshabiller avant de la mettre au trou. Pas très difficile d'ailleurs puisqu'elle ne portait qu'un débardeur et un jeans. Ces Noires sont des bêtes. Non pas que je sois raciste, patron, et d'ailleurs j'aime bien les Noirs quand ils sont blancs. Enfin, vous voyez ce que je veux dire...

- Ramenez-lui ses vêtements, Bocard, et libérez-la. L'affaire est classée.

- Mais, patron...

- Affaire d'État. Je ne peux en dire plus. Cette femme travaille pour moi, en liaison directe avec Paris. Motus et bouche cousue. Cette camionneuse est protégée par le ministre. Elle peut rouler à 200 à l'heure si ça l'enchante.

Gabacho entra dans son bureau en claquant la porte. Il se prit la tête entre les mains et explosa.

- Ces abrutis vont réussir à tout faire foirer. Si ça continue, c'est Bocard qui va se retrouver au violon !

Il ouvrit un de ses tiroirs et se servit une généreuse rasade de gin. Puis il se rendit vers la fenêtre et constata que les averses avaient repris.

7

Le rêve se déroulait dans un lieu que Bouchemaine connaissait bien : la colline de Fourvière, à Lyon, où il avait vécu plusieurs années auparavant. Laurence était debout près de la murette qui, à l'ombre de la basilique, surplombait la ville. À ses côtés se tenait l'homme masqué et vêtu de noir qu'il avait déjà si souvent rencontré dans ses rêves. Or, Bouchemaine était devenu un oiseau. Il planait au-dessus du couple en agitant les bras avec beaucoup d'élégance. De temps à autre, il modifiait son altitude et se réjouissait de pouvoir ainsi surveiller sans être vu. Soudain, Laurence se pencha vers l'homme et lui prit la main. À cet instant précis, Bouchemaine sentit qu'il perdait sa qualité d'oiseau. Il plongea à pic en direction de la place, poussa un cri et se réveilla. Son cœur, pris dans un étau, battait la chamade. Il regarda sa montre : 3 heures du matin. La dépression était au rendez-vous. Il sortit du lit, se traîna vers l'évier, fut secoué de quelques nausées et but un verre d'eau en avalant une pilule de Prozac.

Il décida de s'habiller et d'aller faire un tour en ville. À cette heure, les routiers cuvaient leur vin, leurs branlettes et leurs kilomètres. Seuls quelques ronflements peuplaient le couloir de l'hôtel. Bouchemaine ouvrit discrètement la porte, boutonna son imperméable déchiré et se lança sous les ondées.

Pendant plus de trois heures, il erra dans la ville qu'avaient balisée ses amours. Il repassa devant les cafés et les restaurants où il avait, avec Laurence, passé les plus belles heures de sa vie. Il vint rôder rue Jean-Genet, mais toutes les lumières de l'immeuble où son amie avait vécu étaient éteintes. Une Fiat noire, semblable à celle de Laurence, était garée dans la rue. Bouchemaine la caressa, comme s'il s'agissait d'un animal familier, puis il se mit à pleurer.

Vers 7 heures, il constata que la basilique Notre-Dame des Fleurs était ouverte. Il décida de s'y asseoir un instant avant de regagner son hôtel pour le petit déjeuner. Le sanctuaire était presque vide. Seul un jeune prêtre à soutane attendait près d'un confessionnal. Une femme, dont la tête était recouverte d'une capuche transparente, s'approcha de lui, lui glissa quelques mots à l'oreille et s'agenouilla dans le réduit obscur pour y recevoir la pénitence. Le prêtre y pénétra à son tour. On entendit le glissement de la grille de bois, et le bruit fut suivi d'un long chuchotement. La femme, sans doute, venait se faire absoudre de quelque péché de la chair commis dans la moiteur de la nuit. Puis elle s'éloigna, dans un claquement de talons aiguille.

Bouchemaine s'arrêta au "Béraud" pour prendre un café. Un fois assis, il crut défaillir. Un suave odeur de Samsara, le parfum de Laurence, venait de l'agresser.

Dans un cendrier se consommait le mégot d'une cigarette. Il s'en saisit et ne fut pas étonné de constater qu'il s'agissait d'une Gold Leaf, la marque que préférait, justement, la femme de sa vie. Il se dressa aussitôt et donna un coup d'œil à travers la vitre. Le boulevard de la gare était désert. Coïncidence ? Peut-être, mais, il ne devait pas y avoir beaucoup de gens dans la ville à utiliser du Samsara et à fumer des cigarettes anglaises. Qu'il s'agisse de Laurence était invraisemblable, mais pas vraiment impossible. Cela signifiait-il qu'elle était toujours dans la ville ? Comment expliquer alors son invraisemblable silence après six années de ce qu'il avait cru être, pour elle aussi, un grand amour ? La patronne du "Béraud" lui confirma qu'une femme, en effet, était passée là, à l'ouverture, mais sa description ne correspondait en rien à celle de Laurence. Les femmes, il est vrai, changent d'apparence, de coiffure et de bijoux en même temps qu'elles changent d'amant.

Samsara, mot indien qui signifie réincarnation. Bouchemaine le savait mieux que quiconque. Il était trop cartésien pour croire à la réincarnation, mais le concept l'amusait. Il le trouvait moins tragique que le sinistre point final des Occidentaux. Tout, du reste, dans la vie était une série de transformations, de métamorphoses. À l'évidence, Laurence n'était déjà plus la femme qu'il avait aimée. Lui-même, après quelques semaines de cavale, était aussi un autre homme. Il découvrait la vraie vie. Il partageait ses repas avec des gens comme Loupette, Parkinson ou Quart-de-Couille. Il avait tant vécu dans les livres qu'il était passé à côté des êtres sans les voir. Isabelle, sur ce point, avait raison.

Machinalement, il prit le quotidien local, qui traînait sur la table. L'actualité le laissait de marbre. Cela faisait quinze ans qu'il ne suivait plus la politique, refusant même d'aller voter, sauf quand il désirait se débarrasser d'un gouvernement un peu plus corrompu que les autres. Il tourna distraitement les pages du journal, et son regard s'arrêta soudain à un titre qu'il dut relire avant d'en percevoir la teneur. Eh non, il ne rêvait pas : là, dans la chronique Éducation", il venait d'apprendre son propre décès.

"(DE NOTRE REDACTION). -*Le Professeur Pierre Bouchemaine n'est plus. Il a été terrassé hier, en fin d'après-midi, par un incident cardiaque et n'a pu être ranimé. Avec lui, c'est toute l'université Boris-Vian et la communauté scientifique internationale qui sont en deuil. Pierre Bouchemaine était, en effet, un des grands noms des études indiennes.*
Né place Dupleix à Châtellerault (Vienne), en 1942, Pierre Bouchemaine était le fils d'un urologue réputé. Après de brillantes études secondaires à l'institution Saint-Gabriel de sa ville natale, il poursuivit des études d'allemand à la Sorbonne, où il obtint l'agrégation en 1964. Ayant effectué son service militaire dans la coopération culturelle à Bombay, il commença à s'intéresser à l'Inde. À son retour en France, il se lançait dans l'étude du sanskrit et du hindi à l'École des Langues orientales. Un doctorat d'État, qui fait aujourd'hui autorité, devait sanctionner ces nouvelles études en 1978.
D'abord assistant à Lyon, il devint maître assistant aux Langues orientales avant d'obtenir la chaire d'études sanskrites à l'université Boris-Vian de notre ville. Il y dirigeait un laboratoire de recherches, le Ganesh, consacré à l'Inde où il se rendait chaque

année, et éditait une revue scientifique réputée, Les Cahiers du Ganesh.
Pierre Bouchemaine connaissait particulièrement bien l'Inde du Nord, le Sri Lanka et les pays de l'Himalaya. Il laisse une thèse importante et une centaine d'articles scientifiques. Il préparait, depuis une dizaine d'années, une étude sur l'épopée indo-européenne. Hostile aux décorations, il n'était titulaire ni des Palmes académiques ni de la Légion d'honneur. À sa veuve éplorée, Madame Isabelle Bouchemaine, professeur d'aïkido, La Gazette *présente ses respectueuses condoléances".*

L'article était accompagné d'une photo, celle du Professeur Peter Bushmen, spécialiste du Kalahari.

Bouchemaine éclata de rire. Un de ses rêves les plus fous - lire sa propre nécrologie -, venait de se réaliser. Il se demanda lequel de ses nombreux collègues portés sur l'alcool venait de lui faire cette plaisanterie. Il se sentit soudain tout guilleret, ravi à l'idée d'être mort et débarrassé, une fois pour toutes, de la vie et des femmes.

*

Gabacho se saisit des deux rapports que ses adjoints avaient posés sur son bureau. Le premier, sans intérêt, portait sur la collision entre le 38-tonnes d'Anne-

Soleil et la camionnette de la fourrière. La voiture que celle-ci transportait, inutilisable, était une Volvo immatriculée dans les Pays-Bas. Le second dossier, fort décourageant, avait été rédigé quelques minutes auparavant. Malgré des recherches approfondies, les policiers n'avaient retrouvé aucune des deux balles de l'attentat. Il est vrai qu'entre les coups de feu et l'arrivée des enquêteurs, dix heures s'étaient écoulées. Entre-temps, des centaines de voitures et les balais du service municipal de nettoyage étaient passés par là. Les balles avaient sans doute été rejetées dans le caniveau, où les pluies les auraient emportées vers une bouche d'égout.

Revenant au premier dossier, le commissaire s'étonna que les propriétaires néerlandais ne se soient pas manifestés. Pouvait-on raisonnablement conclure qu'il s'agissait d'une voiture volée ? Il pourrait, dès lors, être gratifiant de téléphoner aux collègues d'Amsterdam. Retrouver rapidement une voiture étrangère, même à l'état d'épave, leur montrerait la redoutable efficacité de la police française. Gabacho décrocha son téléphone et demanda les informations internationales.

*

La propriétaire habitait un vaste appartement, à deux pas du studio, square Ataturk. C'était une femme d'une quarantaine d'années, d'apparence espagnole. Elle se montra fort amène, accepta immédiatement de louer au Professeur Bouchemaine, puisque celui-ci était "un ami du commissaire". Comme l'heure de l'apéritif approchait, elle invita son nouveau locataire à prendre un Porto avec elle. À l'évidence, elle avait quelque chose à lui demander.

- Le commissaire m'a dit que vous étiez un spécialiste de l'Inde.

Bouchemaine hocha la tête.

- Personne ne peut se dire un spécialiste de l'Inde. Mais c'est vrai que ce pays m'intéresse. Je lui consacre une grande partie de ma vie.

- J'aimerais en savoir plus sur les tsiganes, car mes lointains ancêtres venaient sans doute de ce pays. Je suis d'origine manouche.

Le Professeur opina.

- C'est exact. Les tsiganes sont originaires du nord-ouest de l'Inde. Cela a été démontré scientifiquement, d'une part par des linguistes qui ont comparé la langue tsigane et les dialectes du Rajasthan, surtout celui de Jodhpur, mais aussi par des médecins qui ont étudié la peau et les groupes sanguins des tsiganes et ceux des Rajpouts du nord-ouest. Vous me dites que vous être romanichelle ?

- Mes parents l'étaient. Pour des raisons de santé, ils ont dû arrêter leurs voyages et se sont installés ici. J'ai perdu tout contact avec ma communauté, mais mon activité reste liée à mes origines. Je suis voyante.

Bouchemaine ne put éviter de sourire.

- Je vois que vous êtes sceptique, Professeur. Donnez-moi votre main droite, s'il vous plaît.

Habitué aux astrologues indiens, qui ont pignon sur rue dans tous les grands hôtels du pays, Bouchemaine se prêta au jeu. La femme scruta les lignes de sa main.

- C'est bizarre... Vous vivrez très longtemps, jusqu'à quatre-vingt-douze ans sans doute, et pourtant je vois la mort rôder autour de vous. Méfiez-vous, Professeur. Quelqu'un vous veut du mal.

- Un collègue, sans aucun doute ?

La tsigane hocha de la tête.

- Peut-être, mais une collègue femme alors. À l'évidence, les femmes vous causent beaucoup de soucis... Votre ligne de cœur est pourtant excellente. Vous séduisez facilement les femmes, mais vous ne savez pas les retenir. Ah, tiens, je vois ici quelque chose d'intéressant. Une femme que vous croyez avoir perdue. Elle va vous revenir, mais il faudra des années... Veuillez prendre deux cartes au hasard.

Bouchemaine s'exécuta.

- Ceci confirme les lignes de la main. Les signes de l'amour et de la mort. L'amour sera plus fort... Excusez-moi, le charme est rompu, je ne vois plus rien.

- Que me disiez-vous sur cette femme ?

La tsigane eut un sourire.

- Ça n'a pas d'importance puisque vous n'y croyez pas. Nous en reparlerons dans cinq ans, si vous le voulez bien.

*

Isabelle Bouchemaine avait peine à émerger de son sommeil. Le téléphone, pourtant, n'arrêtait pas de sonner. Elle sortit du lit en titubant et le débrancha. Les premières condoléances, sans doute ? Il lui faudrait faire les magasins pour acheter une robe de deuil. Dans quelques jours, avec l'assurance-vie, elle serait riche et pourrait enfin s'arrêter de donner des cours d'aïkido pour se consacrer à ses amants. De vrais hommes. Au moindre de ses claquements de doigts, ils lui obéiraient et dresseraient vers elle un sexe tout gonflé de désir. Puisqu'elle aurait de l'argent, elle pourrait choisir des hommes jeunes et beaux. Rien dans la tête, évidemment, mais du moins superbement montés. Antinéa qui, depuis un an, haïssait tous les Blancs, s'était recyclée dans les Africains, et les photos qu'elle avait prises avec son polaroïd laissaient rêveur. De vrais gourdins, pas de macaronis à l'occidentale. Isabelle en avait ras la touffe de ces intellectuels à la queue molle qui n'entrent dans un lit que pour sombrer dans le sommeil. Oui, la vraie vie allait enfin commencer. L'ecstasy l'y aiderait. Tous les mecs bientôt seraient à ses pieds. Elle serait la nouvelle Cléopâtre.

8

La nouvelle du brutal décès de Bouchemaine avait tétanisé le campus. Dans l'instant, chacun se plut à louer l'extrême courtoisie du défunt, sa haute compétence scientifique et ses immenses qualités de pédagogue. Les plus attristés - ils avaient peine à retenir leurs larmes -, étaient ceux-là même qui, quelques jours auparavant, avaient, avec une perverse délectation, colporté sur lui les ragots les plus indignes. Dès lors qu'il venait de passer à la trappe, il se parait des plus flatteuses vertus. Sa fuite du domicile conjugal était oubliée. Il est vrai qu'entre-temps un Professeur encore plus âgé avait ponctué la vie sexuelle du campus de turpitudes encore plus effrayantes. Vivant, Bouchemaine suscitait la jalousie et la délation. Mort, il prenait une dimension mythique et rejoignait les grands ancêtres de l'université. Une de ses pires détractrices, qui pendant vingt ans lui avait mis des bâtons dans les roues, proposa au président de donner le nom de Pierre Bouchemaine à l'un des amphithéâtres.

Gabacho n'avait pas eu le temps de lire la presse. Il s'était rappelé, in extremis, que ses activités syndicales l'appelaient à Paris pour une réunion en fin d'après-midi. Membre fondateur du TIC (Tolérance, Intelligence et Compréhension), syndicat ultraminoritaire au sein de la police, Gabacho avait été élu pour représenter les commissaires de province. Cet honneur l'arrangeait, car il en profitait, par conscience professionnelle, pour expérimenter ses accoutrements féminins à Pigalle. Chaque mission à Paris lui permettait de faire d'une pierre deux coups.

Avant de filer vers la gare, il convoqua son adjoint Léon Bocard, le fit asseoir et lui offrit un cigare. Celui-ci refusa avec dégoût. Il appartenait à cette secte de fanatiques, venue d'outre-Atlantique, qui considère le tabac comme le pire des maux.

- Bocard, je dois me rendre à Paris et ne rentrerai que demain midi.

- Très bien, patron.

- Je suis actuellement sur une enquête confidentielle qui intéresse de très près le ministère. Secret Défense. Vous voyez ce que je veux dire ?

- Parfaitement, patron.

- Le moindre impair, de votre part, risquerait d'entraîner votre révocation. Mes ordres sont donc formels. Profil bas. La tête dans le sable. Pas de vagues. Interdiction d'aller à "La Java Bleue" ou dans quelque bar que ce soit du côté de la gare. Contentez-vous des affaires courantes. S'il y a le moindre problème, vous jouez la montre en attendant mon retour. Enregistré ?

- Affirmatif.

- Au fait, avons-nous reçu une réponse d'Amsterdam ?

- Le fax vient de sortir de la fente, patron. Il s'agit d'une voiture volée dans un parking à Amsterdam, mais nos collègues n'ont pas encore réussi à contacter le propriétaire. S'il y a du nouveau, ils nous le feront savoir.

- Fort bien. Allons, Bocard, je vous fais confiance. Et rappelez-vous : pas de vagues !

Ils se serrèrent la main, Gabacho prit sa lourde valise de vêtements et se fit conduire à la gare dans une des voitures de service.

*

À la même heure, le maire de la ville, Jean-François de Berbérac, recevait dans son bureau un émissaire secret de l'archevêché, le chanoine-exorciste Bouillon, connu dans le diocèse pour ses lapsus, que lui-même, d'ailleurs, attribuait au démon. "Quand Satan rôde, la langue fourche", disait-il. Le rendez-vous avait été pris par un coup de téléphone matinal qui avait surpris Berbérac sous la douche.

- Ravi de vous rencontrer, monsieur l'exorciste. Que puis-je vous offrir ? Un thé ? Un café ?

Assis sur le rebord du fauteuil, serré dans un strict complet-veston gris d'où émanait une forte odeur d'encens, Bouillon se frottait les mains d'un air gêné. Ses joues ascétiques s'étaient soudainement colorées. Il accepta un diabolo menthe, et Berbérac se servit un verre de gin.

- Tout d'abord, monsieur le maire, ce que j'ai à vous dire de la part de Son Éminence est particulièrement con... euh, confidentiel. Vous comprendrez pourquoi tout à l'heure.

- Comptez sur ma totale discrétion, monsieur l'exorciste. Je ne serais pas maire de cette ville depuis quinze ans si je ne savais pas respecter les secrets de mes administrés.

- Eh bien, monsieur le maire, la baise de la moralité inquiète énormément Son Éminence. Par diverses confidences de nos prêtres et de nos paroissiens, nous avons appris qu'une drogue hautement pernicieuse était en fente libre dans les bars de la ville. Une drogue épouvantable qui ravale ceux et celles qui en consomment à un état d'ignoble bestialité.

- J'en ai entendu parler, concéda Berbérac en consultant son agenda. Mais il m'est difficile de placer un agent de police derrière chaque consommateur.

- Sans doute, sans doute. Il serait temps néanmoins de mettre un terme à ce qui, depuis plusieurs semaines, entraîne une tragique recrudescence des péchés de la chair. Cette ville devient une nouvelle Sodome, et vous savez ce qu'il en est advenu dans la Bible.

Berbérac, dont la vie privée était un des grands sujets des dîners mondains, ne put cacher un sourire. À cinquante ans, plus rien ne le choquait et, du reste, le feu de Dieu ne prendrait jamais dans cette ville gorgée d'eau.

- N'exagérons pas, monsieur l'exorciste. Sodome me paraît tout de même éloignée de cette cité coquette et riante qui, d'ailleurs, vote à droite depuis quatre-vingts ans. Et puis, avouons-le, il pleut tout le temps. Il faut bien que les gens s'amusent un peu.

- De plus, monsieur le maire, il nous est revenu par la bande que des athées notoires se réunissent à "La Java Bleue" pour y chanter le *Tantum ergo*. Par pure dérision, bien entendu. Et j'ajoute qu'un des bars de la ville est un repaire de... comment dire... un repaire d'uranistes.

- Excusez-moi, j'ai du mal à vous suivre. Que vient faire ici la planète Uranus ?

- Il ne s'agit pas de la planète, mais d'Ouranos, un des personnages du *Banquet* de Platon, dont les mœurs...

- Ah oui, l'amour platonique. Du moins empêche-t-il la propagation des virus, monsieur l'exorciste. Et je pensais, du reste, que l'Église recommandait l'amour platonique.

L'ambassadeur de l'archevêché se tortilla sur son fauteuil. Il se passa la main dans sa chevelure blanche avant de poursuivre.

- Vous vous méprenez, monsieur le maire. Platon,

justement, ne pratiquait pas l'amour platonique. Relisez Aristophane, et vous en serez convaincu. Platon se livrait, je rougis de le dire, à des pratiques qu'il convient, somme toute et l'un dans l'autre, si vous me permettez d'être aussi cru, d'appeler des mœurs contre nature ! *Vade retro, Satanas* !

Le maire éclata de rire.

- Ah, monsieur l'exorciste, je commence à y voir clair. *Vade retro...* Oui, bien sûr, l'amour rétroactif. En un mot comme en cent, vous voulez me dire qu'il y a un bar pédé dans la ville ?

- Exactement, monsieur le maire. Un bar comme vous dites. Il s'appelle "Le Bulgare". C'est l'antichambre du démon. Les uranistes s'y retrouvent le soir et s'y livrent à des plaisirs impudiques. Il conviendrait donc, pour la bonne réputation de notre cité, que ce lieu de perdition fût fermé ou, en tout cas, sévèrement contrôlé. Tous ces pervers, il faut les faire marcher à la trique et les mener à la braguette ! Certes, je m'empresse de le dire, l'Église ne condamne jamais. À tout pédé, miséricorde. Pour autant, Son Éminence ne peut accepter que des bougres aient mignon sur rut, je veux dire pignon sur rue.

- Des bougres ? Quels pauvres bougres ?

- Excusez-moi de paraître pédant. Selon les Pères de l'Église, les bougres sont ceux qui se livrent aux amours abominables. Bougre est la déformation du mot *bulgare*. C'est, par parenthèse, ce qui nous a mis la pute à l'oreille.

- Tiens, tiens, les Bulgares sont pédés. J'en apprends tous les jours. Désormais, je ne mangerai plus de yaourts.

- Et permettez-moi humblement de vous rappeler, monsieur le maire, que les érections municipales auront lieu dans six mois. Il n'est pas interdit de se demander si les catholiques - et ils sont encore nombreux ici, grâce à Dieu -, continueront de soutenir une municipalité qui tend des verges pour se faire fouetter, laisse vendre des drogues pour dépravés et refuse de fermer un lieu satanique.

Le maire hocha la tête. Il considéra un instant la pluie qui cinglait les vitres de son bureau.

- Assurément... Eh, l'argument n'est pas mince, j'en conviens. Mais, vous savez, un maire n'a pas tous les pouvoirs. Il y a des lois, des règlements. Entre adultes consentants, il n'est plus interdit d'être bulgare ! Je le regrette comme vous, monsieur l'exorciste, mais c'est la loi républicaine. *Dura lex, sed durex*, comme vous le souligniez l'autre jour à radio Bêta. Cela dit, je comprends et partage votre émotion. Elle est légitime. J'en toucherai donc deux mots, toutes affaires cessantes, au commissaire Gabacho. C'est un très brave homme, malgré ses opinions un peu gauchistes. Bon, je vous promets que nous prendrons, dès ce soir, le taureau bulgare par les cornes. Merci de votre courageuse ambassade, et transmettez à Son Éminence l'hommage de mon très profond respect.

Le chanoine Bouillon se leva, salua le maire, se prit le pied dans un tapis persan, étouffa un juron puis sortit par une porte dérobée.

*

Loupette reposait sur son lit. Toute la matinée, les habitués de "La Java Bleue" s'étaient succédés à son chevet. Marie-Suzanne avait été la première à s'arrêter à l'hôpital, de retour des halles où elle faisait son marché chaque matin. Parkinson était venu lui remettre la photocopie de son manuscrit "Lettre ouverte aux porteurs d'uniformes", qu'il se promettait de publier chez un éditeur de la rive gauche. Le Crocodile lui apporta une belle édition reliée des *Chansons de Bilitis*, Le Poisson lui offrit *Justine* de Durrell, La Pieuvre *Tous à Zanzibar* de Brunner, La Touille un cornet acoustique en ivoire et Pige-que-Couic un roman de la collection Harlequin. Quart-de-Couille, qui n'était pas riche, vint avec une banane et deux oranges. À trois reprises, Julie quitta son service pour prendre des nouvelles de la malade. À l'évidence, celle-ci se portait comme un charme. Elle se contentait d'attendre avec impatience le retour d'Anne-Soleil partie, comme prévue, chercher son chargement de concombres à Rungis. Elle se sentait heureuse. La vie paraît toujours plus belle quand on a failli la perdre.

*

Pour la première fois depuis longtemps, Pierre Bouchemaine s'était rendu chez un fleuriste et avait acheté un superbe bouquet d'orchidées. Bien qu'il n'eût jamais encore parlé à Loupette, il se sentait solidaire du drame. Sa propre nécrologie l'avait mis en train. Il n'avait même pas cru bon de prévenir l'université, persuadé que tous ses collègues étaient au courant de la plaisanterie. S'il en avait le temps, il irait seulement saluer le rédacteur en chef de *La Gazette* pour lui asséner quelques vérités sur la déontologie professionnelle.

Il traversait le boulevard Frédéric-Chopin, son bouquet de fleurs à la main, quand une puissante Mitsubishi apparut à sa gauche. Occupé à se faufiler entre les voitures, Bouchemaine ne remarqua pas la moto qu'il avait offerte à son épouse pour son quarantième anniversaire, et dont il continuait toujours à payer les traites. Mais celle-ci, elle, le reconnut et crut défaillir. Ainsi donc, le fumier était toujours en vie. Mieux : il la narguait en se promenant avec des fleurs, probablement destinées à sa jeune pute. Alors qu'elle le croyait à la morgue - enfin rigide -, voici qu'il batifolait en ville et s'apprêtait à tronçonner sa roulure à minijupe. Les hommes n'étaient bien que des bêtes. On les croyait impuissants, alors qu'ils étaient toujours prêts à s'envoyer en l'air avec la chair fraîche du dernier arrivage. Eh bien, Bouchemaine allait voir ce qu'il allait voir. La prochaine fois serait la bonne. Elle emploierait les grands moyens.

*

Jean-François de Berbérac s'assit devant le bureau qu'occupait Bocard. Il l'informa par le menu des inquiétudes de l'archevêché. Le policier prenait scrupuleusement tout en note.

- Comprenez ma position, dit le maire. La morale, mon cher Bocard, je n'en ai rien à foutre. Mes concitoyens peuvent baiser avec des chèvres ou des trous de serrure, je m'en secoue le zigomard. Seulement, voilà, il y a les élections, et vous savez comme moi que quarante-neuf pour cent des électeurs vont à l'église. Si l'archevêque me cherche des morpions dans la touffe, je suis bon à mettre à la casse.

- Je vous comprends.

- Je vous demande donc comme un service personnel - mais je saurai m'en souvenir, le ministre de l'Intérieur est d'ailleurs un vieil ami -, d'organiser une opération Coup de Poing, dès ce soir, contre les dealers de tout poil et les bars à bites. Pas question d'interdire. Je n'en ai pas vraiment le pouvoir, et d'ailleurs je ne veux surtout pas me mettre les pédés à dos. D'abord par ce qu'ils représentent dix pour cent de mes électeurs, beaucoup plus même sans doute. Et puis, ils ont beaucoup d'amis dans la presse, à la télévision. Je ne tiens pas à passer pour un Père la Pudeur. Donc, officiellement il s'agira d'une opération Coup de Poing contre la drogue. Un Coup de Poing tout en doigté. Ce qui compte, c'est de frapper l'opinion et d'anesthésier l'archevêché. Vous m'avez compris ?

- Oui, mais cette opération est impossible ce soir. Je ne suis que l'adjoint du commissaire. Ses ordres sont très clairs. J'assure les affaires courantes, un point c'est tout.

- Taratata. La Préfecture vous donnera le feu vert cet après-midi. Je m'en charge. Et si vous voulez vraiment être couvert, je téléphone dans l'heure au ministre de l'Intérieur.

- Oui, mais Gabacho...

- D'autant que si l'opération Coup de Poing est un plein succès, je m'arrangerai pour glisser votre nom pour l'Ordre du Mérite. Eh, ça fait réfléchir, non ?

- Oui, mais Gabacho...

- Oh, Bocard, fichez-moi la paix avec Gabacho ! Où est-il, d'ailleurs, ce Gabacho de mes deux ? Jamais là quand on a besoin de lui. S'il vient nous les casser demain, je peux le faire nommer en Guyane. Et vous, pendant ce temps-là vous monterez rapidement tous les échelons et vous vous retrouverez au Quai des Orfèvres.

Bocard n'était pas très intelligent. Mais il savait flairer d'où venait le vent. Les ordres de Gabacho étaient clairs : ne pas faire de vagues. Ceux du maire l'étaient tout autant : faire le maximum de vagues pour frapper l'opinion conservatrice. Or, le maire était à la fois l'ami du préfet et du ministre. Bocard n'hésita plus.

- Fort bien, monsieur le maire. Si vous me couvrez à cent pour cent, je suis d'accord. Ce soir sera une soirée mémorable. Les dealers et les pédés n'ont qu'à bien se tenir.

- Voilà ce qui s'appelle parler, Bocard, conclut Berbérac. Rendez-vous demain au chant du coq.

9

Contre toute attente, la pluie - qui n'arrêtait pas de tomber depuis trois mois -, cessa au début de l'après-midi. Pendant quelques minutes, le soleil fit même une timide apparition. Il brillait encore quand Pierre Bouchemaine arrêta sa voiture devant le cabinet du docteur Heinrich Blaustrumpf von Wittlich. Celui-ci l'attendait pour la première séance de psychothérapie génético-zodiacale. Il le fit entrer dans son bureau envahi par une épaisse fumée. Un gros cigare cubain agonisait dans un cendrier.

- Eh bien, mon cher Professeur, nous allons donc passer à l'acte 1 du Renouveau. Ne me dites rien : je sais que le Prozac n'a encore eu aucun effet. Attendons deux ou trois semaines, et vous m'en direz des nouvelles ! Pour l'heure, parlez-moi de ce qui vous préoccupe. Rassurez-vous, je ne suis plus freudien. Je ne vous parlerai ni de l'inconscient, ne de la relation objectale, ni du stade phallique, et encore moins de votre désir inconscient de la castration ! Moi, je suis un scientifique, pas un charlatan. Dites-moi simplement ce qui vous préoccupe...

Très vite, Bouchemaine en arriva au seul sujet qui l'intéressât : la longue succession de ses échecs amoureux. Il avait aimé plusieurs femmes, dit-il, mais à chaque fois celles-ci l'avaient largué au bout de quelques mois. Puis, un jour de mousson, le bonheur avait débarqué sans crier gare, lors d'un voyage à Ceylan. Et, pour la première fois, il avait connu, pendant six ans, un amour sans nuage. Années difficiles, au demeurant, puisqu'il avait dû mener une double vie afin de ménager son épouse Isabelle. Il l'avait aimée. Il se sentait encore très proche d'elle, car elle avait du charme, de l'entrain et un caractère entier. Elle ne jouait jamais double jeu, et ce qu'elle disait correspondait à ce qu'elle pensait. Mais l'amour pour Laurence avait été le plus fort. Il était parti, pour découvrir que la femme qu'il aimait avait disparu au moment précis où il devenait libre et avait besoin d'elle.

Le visage tendu, Blaustrumpf semblait souffrir. De temps à autre, il couchait quelques mots sur la feuille blanche qui était devant lui. Au bout d'une demi-heure, il éclata.

- Mon cher Professeur, vous avez tout faux. Vous ignorez tout de l'amour et des femmes. Cela m'étonne de la part d'un indianiste... Eh oui, vous savez mieux que moi que les Indiens n'accepteraient jamais de marier leurs fils ou leurs filles sans consulter un astrologue ! Précaution élémentaire, évidemment ! Puisque vous êtes Vierge, si j'ai bonne mémoire, vous êtes par nature condamné à échouer dans une relation amoureuse avec un Lion - cas de votre femme -, ou un Verseau - cas de votre amie.

Il se lança dans une longue explication technique. Les planètes Mars et Vénus se faisaient une guerre sans merci. Ce qui entraînait, ipso facto, des scènes de ménage entre une Vierge et un Lion et rendait impossible toute relation durable. Quant aux Verseaux, mieux valait ne pas en parler. Pas de tirs de barrage, certes, mais une relation en bémol, fragile comme un verre de cristal.

- Les Vierges sont un tantinet infidèles, si, si, ne me dites pas le contraire ! Mais les Lions, eux, sont amnésiques. Ce qu'ils aiment, c'est le jeu de la séduction. Tant qu'ils se sentent valorisés par une relation, ils ronronnent à vos pieds et feraient pour vous dix kilomètres sur les genoux. Puis, du jour au lendemain, ces Lions, décidément carnivores, bondissent sur une nouvelle proie, surtout si celle-ci leur paraît affaiblie. Les femmes de ce type, c'est une constante, ont un faible pour les hommes fragiles. Car, dans l'inévitable jeu de la dominance, rien n'est plus gratifiant que de jouer au SAMU ou au bon saint-bernard. Une femme jouit quand elle devient une bouée de sauvetage, une ambulance ou un garde-fou. Ah, le seul amour sans risque, c'est quand même bien l'amour caritatif !... C'est, j'imagine, ce qui est arrivé avec votre Laurence. La réanimation cardiaque, c'est sa vraie spécialité, après tout ! Et, dès lors, vous n'existez plus. Elle vous en veut d'être entré dans sa vie, même si, sans doute, elle vous disait le contraire au printemps de vos amours.

Abasourdi, Bouchemaine se demandait si Blaustrumpf n'était pas encore plus fou que l'ensemble de ses malades réunis. L'homme, pourtant, était convaincant. Il parlait avec chaleur, s'enflammait, ponctuait ses affirmations de violents coups de poing sur la table.

- Quittons les astres un instant. Votre deuxième erreur, mon cher Professeur, c'est que vous ne savez rien de la psychologie féminine. Sur ce point-là, au moins, je puis me prévaloir du titre d'expert. Quatre divorces, vingt-deux maîtresses, sans compter quelques intérimaires dont j'ai oublié l'identité. Plus les centaines de givrées qui sont passées sur ce divan.

Seuls les femmes et les prêtres, poursuivit-il, peuvent comprendre les femmes. Leur cohérence est l'incohérence. Leur logique est d'être illogique.

- Comme disait, au XVIIIe siècle, le philosophe espagnol Pedro del Papu, la logique féminine est à la logique ce que la musique militaire est à la musique. Autrement dit, et pour reprendre cette fois Voltaire, il faut en permanence peser des oeufs de mouche dans des balances en toile d'araignée ou, somme toute, essayer de tatouer d'évanescentes bulles de savon. Seuls les jésuites y parviennent parfois... et encore !

Mais surtout, poursuivit-il, il y avait une différence essentielle: les hommes sont des poètes et les femmes des matérialistes. Il suffisait de survoler la littérature mondiale pour s'en rendre compte : les grands poètes étaient tous des hommes. Il y avait, certes, quelques exceptions, mais il s'agissait de lesbiennes au caractère masculin.

- Des exemples, me direz-vous ? Je pourrais vous en donner à la pelle, en commençant par la grande Sappho, qui vivait quelques siècles avant notre ère. La poésie est aussi étrangère aux femmes que l'érection. Elles sont, en revanche, excellentes dans le domaine du roman, car ce genre se rapproche du réel.

Toutes des matérialistes, je vous dis ! Leur domaine privilégié, c'est celui du tangible. Le carnet de chèques, la résidence secondaire, la BMW, les SICAV, les indemnités compensatoires, les pensions de réversion. Toutes des fourmis ! Les cigales, ce sont les hommes... Toutes ces nanas vous disent "Je t'aime", l'œil rivé sur votre assurance-vie. Si votre compte en banque bat de l'aile, si les avantages que vous pouvez leur procurer s'estompent, *hasta la vista* ! Elles vous plaquent en deux coups de cuillères à pot. En paix avec leur conscience, cela va sans dire. Pour faire bonne mesure, elles se demandent même ce qu'elles vous ont fait ! Et le sexuel dans tout cela ? Eh bien, c'est la même chose: il n'y a pour elles que le tangible qui compte. Elles ne supportent pas de rester la main vide. Vous avez vu le succès des Africains ? Stupéfiant, n'est-ce pas ? Pour une femme, une grosse bite vaut tous les sonnets d'amour. Notez au passage qu'elle n'ont pas d'amies. Leurs prétendues amies ne sont que des faire-valoir, plus grosses, plus moches ou plus bêtes. Quant à la poésie, ah ça, la poésie !... Offrir des fleurs est un acte poétique. Or, qui offre des fleurs ? Les hommes ! Isabelle ou Laurence vous ont-elles jamais offert des roses ? Poser la question, c'est y répondre. Et qui écrit des lettres d'amour, je veux dire de vraies lettres d'amour qui engagent pour la vie ? Les hommes et les lesbiennes. Un Premier ministre peut tomber amoureux d'une femme du peuple, un ver de terre d'une étoile, mais je n'ai jamais rencontré une femme chirurgien mariée à un éboueur.

- Je connais, depuis hier, une femme médecin qui vit avec un peintre en bâtiment.

Blaustrumpf haussa les épaules.

- Eh bien, c'est une aberration génétique, comme le mongolisme. C'est la seule explication possible, car entre un avocat et un professeur, entre une Mercedes et une Renault, une femme choisira toujours l'avocat et la Mercedes. Au fait, vous connaissez le syndrome de l'Atlantide ? Non ? Pourtant, vous êtes en plein dedans, avec votre Laurence qui joue les fantômes à plein temps... Quand une femme cesse de s'intéresser à un homme, il se produit un cataclysme naturel, un vrai raz de marée. Sa ville ou son quartier est brutalement sous les eaux. Du jour au lendemain, toutes les lignes téléphoniques sont arrachées, les boîtes aux lettres anéanties. Les timbres perdent toute vertu adhésive et se décollent. L'encre de leur stylo se dilue dans l'eau de la mer. Le pauvre crétin - vous et moi en l'occurrence -, ne saura jamais pourquoi il a été largué puisque la pauvre chérie est coupée du monde. Elle barbote dans les algues et les goémons. Elle se débat contre les méduses.

- On ne les revoit donc jamais ?

- Eh si, curieusement, il leur arrive, comme les baleines, de refaire surface, car les femmes souffrent, figurez-vous. Non dans leur amour, certes, mais dans leur amour propre. Un jour, elles s'aperçoivent que le suppléant, tout compte fait, a moins d'aura que l'ancien titulaire du poste. Dans le même temps, elles constatent que celui-ci reprend du poil de la bête.

- En quoi cela peut-il les déranger puisqu'elles ne l'aiment plus ?

- Logique masculine ! *Homo cretinus* ! Rappelez-vous l'essentiel de mon cours : les femmes sont matérialistes. Elles gardent un œil sur l'homme qu'elles ont largué. Elles réagissent en propriétaire. Compte tenu de leurs charmes, d'ailleurs réels, elles aimeraient bien le garder au frigidaire, au cas où... Ah, mon cher Bouchemaine, les intermittences du cœur et les retours d'affection, ça existe, croyez-moi.

- Mais alors, autant cesser toute relation avec les femmes puisqu'elles sont aussi complexes.

Blaustrumpf alluma un nouveau cigare.

- Je n'ai pas dit cela. Non, d'abord, je le répète, les femmes sont plus intelligentes et plus courageuses que les hommes, ça n'est pas rien. La plupart des hommes sont des planches pourries, des Judas, des machos, des pique-gonzesse ou des salopards. Ensuite, il y a des signes du zodiaque meilleurs que d'autres. Quel que soit le signe, écartez d'emblée les non-fumeuses: ce sont les pires. L'idéal, franchement - j'y ai beaucoup réfléchi -, c'est de choisir une femme autonome, pas une poupée de foire. Alors, que vous soyez riche ou pauvre, puissant ou impuissant, ce type de femme ne cherchera pas à vous épouser. Elle vous aimera pour vous-même. Oh, c'est rare, j'en conviens, mais cela existe. Une revue scientifique américaine signalait, l'autre jour, deux ou trois cas d'amour durable depuis la création de l'institut Queensley en 1940. Car retenez ceci : un amour qui ne dure pas, un amour qui ne résiste pas à l'inévitable usure du temps, n'était pas un véritable amour.

- Et vous-même, docteur ?

- Oh, moi, je suis un polytraumatisé... J'ai été largué

vingt-six fois, et pourtant je me contentais de seconde-main, avec beaucoup d'heures de vol. On parle sûrement de moi dans le livre des records. L'échec est ma seule réussite. À mon âge, qui est d'ailleurs le même que le vôtre, je n'ai plus rien à espérer des femmes. Elles m'ont broyé. Chat échaudé craint l'eau froide. L'amour féminin ? Non, non, merci, que ce calice s'éloigne de moi ! Leur scénario, je le connais par cœur. Le grand jeu et les lettres-fleuve dans un premier temps. Les râles de plaisir ensuite. Puis les grands magasins pour les petits cadeaux. Des sous-vêtements ici. Un voyage aux Antilles là. Si je n'avais pas connu de femmes, je pourrais acheter le château de Versailles... Et puis, quand l'éponge n'a plus rien à cracher, salut, *bye bye, ciao, auf wiedersehen* ! Elles en ont déjà un autre sous la main qui, à son tour, le pauvre gogo, ne demande qu'à se faire plumer. Risible, non ? Ou tragique, comme vous voudrez... Non, si c'était à refaire, je me contenterais d'une poupée gonflable. Ah, Bouchemaine, l'amnésie et la vénalité des femmes sont stupéfiantes... Bof, les hommes au moins ont des amis. Allons, Professeur, votre cas m'intéresse. Où comptez-vous manger ce soir ?

- À "La Java Bleue", le restaurant le moins cher de la ville. Ce n'est pas "La Tour d'Argent", mais à cinquante ans je n'ai plus un sou.

- Inutile de me faire un dessin, je tire moi aussi le diable par la queue... Va pour "La Java Bleue". C'est moi qui vous invite et, quand nous en aurons fini avec le veau Marengo, je vous ferai découvrir "Le Bulgare", un bar homosexuel où vous trouverez peut-être chaussure à votre pied.

Bouchemaine éclata de rire.

- Les hommes ne m'intéressent pas, malgré tout ce que vous m'avez dit sur les femmes.

- Vous êtes bête ou quoi ? Il n'y a pas que des hommes dans ce type de bar. Il y a aussi des femmes-poètes. Celles qui s'en contrefichent de votre statut, de votre compte en banque ou de la grosseur de votre bite. Eh oui, ça existe ! Tout existe, même s'il convient de ne jamais oublier la règle d'or du philosophe Pedro del Papu: "Les femmes, à défaut d'être intéressantes, sont toujours intéressées". Vous verrez, Professeur, les fatmas du "Bulgare" ne vous demanderont même pas de leur payer leurs consommations. On croit rêver ! Le mariage, elles s'en cisaillent le clitoris !... Allons, Professeur, prenez un cigare. Ça vous évitera de penser à Laurence.

Bouchemaine éclata de rire. La soirée, décidément, promettait d'être amusante, et, pour être fou, Heinrich Blaustrumpf von Wittlich n'en était pas moins un philosophe.

*

À la même heure, Bocard passait en revue ses troupes. Quarante policiers pour la première vague. En cas de besoin, grâce à l'aide de la préfecture, trente CRS planqués dans leur car à deux cents mètres de la voie ferrée. Tout était prêt. Talkie-walkies. Grenades lacrymogènes. Gilets pare-balles. Un FR F1 avec lunette IL. Sous le sceau du secret, le correspondant de *Libération*, ami d'enfance de Bocard, avait été invité aux festivités. Tous les bars du quartier de la gare avaient été répertoriés, et chaque policier savait à quelle heure exacte l'opération Coup de Poing devait commencer.

Pendant ce temps, une crise politico-médiatique entraînait à Paris la démission du Premier ministre puis, dans la foulée, celle du ministre de l'Intérieur. Coupé du monde, préoccupé par ses fantasmes personnels, la commissaire Gabacho était dans une chambre d'hôtel en train de changer de sexe et donc de personnalité. À son retour de la réunion syndicale du TIC, il n'avait trouvé aucun message de Bocard. Tout allait bien sur le front provincial. La nuit, là-bas, serait calme sous les crachins, très calme même. Et lui, en attendant, pourrait jeter sa gourme à Pigalle et vérifier si, à cinquante ans, il restait coté en bourse.

10

L'avenue Félix-Faure longeait la voie ferrée sur deux kilomètres. D'est en ouest, dix-neuf bars rythmaient la vie quotidienne des habitants du quartier, ouvriers et retraités pour la plupart. Plusieurs de ces établissements, ouverts au chant du coq, fermaient à la tombée de la nuit. Mais les plus fréquentés accueillaient leurs clients jusqu'à une heure du matin. Le plus occidental, à l'ombre du pont, était "La Java Bleue" puis, au fur et à mesure que l'on avançait vers l'est, on rencontrait "Le Béraud", "Le Caténaire", "Chez Titi", "L'Omnibus", "Le Railway", "Le Bulgare" - blotti dans le cul-de-sac de l'impasse Fassbinder -, "Le Baraka" et "Le Bar de la Gare".

Les policiers s'étaient donnés rendez-vous à trois kilomètres de là, au P.N. 19 (passage à niveau n° 19) sur une voie où ne passaient que deux trains postaux par jour. De là, ils remontèrent la ligne vers la zone d'aiguillage qui permettait, en prenant vers l'est, de gagner la gare. Dans le même temps, les CRS, prévus pour la deuxième vague d'assaut, étaient parqués dans un car, de l'autre côté de la ligne de chemin de fer, en bordure d'un terrain vague. Seul Bocard circulait dans une voiture banalisée qui permettait d'observer le terrain avant de lancer les troupes à l'assaut du mal. Sur le parking du centre-ville, à deux kilomètres de là, six paniers à salade étaient prêts.

L'Opération Ballast (c'était le nom de code choisi par Bocard) devait commencer à minuit trente, moment où l'occupation des bars atteint son niveau maximum. Celui où les soiffards s'empressent d'écluser quelques verres supplémentaires avant de regagner en titubant le domicile conjugal. Celui où les obsédés de l'entresol, taraudés par l'impérieuse nécessité de trouver une proie pour la nuit, tirent leurs dernières cartouches. Celui aussi où, les rues étant soudain désertées, il est facile à une armée de l'ombre de se déployer en silence vers son objectif.

Berbérac avait tenu parole. Dès 15 heures, le préfet en personne donnait par téléphone le feu vert à Bocard. Puis, à 18 heures, le chef du cabinet de l'Intérieur avait eu le policier en ligne : compte tenu du développement de l'ecstasy sur le territoire national, le ministre verrait d'un très bon œil une opération Coup de Poing en province. Cela montrerait au reste de la France que le gouvernement, loin d'être faible devant la montée des périls - comme l'accusait la droite -, n'hésitait pas à frapper fort quand les circonstances l'exigeaient. Bocard avait donc carte blanche, et les habituelles difficultés de liaison entre la police et les CRS avaient été aplanies par la préfecture.

À "La Java Bleue", les bouteilles de "Grappe Dorée" s'étaient montrées, ce soir-là, encore plus poreuses que les autres jours. À peine étaient-elles sur la table que, déjà, elles étaient vides. Planté derrière son zinc, Ahmed n'en finissait pas de manier le tire-bouchon. Il avait dû, à trois reprises, descendre refaire le plein à la cave. C'est qu'il convenait de fêter, une fois de plus, les rassurantes nouvelles en provenance de l'hôpital et, comme un bonheur ne vient jamais seul, Parkinson avait reçu, le matin même, l'accord d'un éditeur pour la publication de sa "Lettre ouverte aux porteurs d'uniformes". Du coup, Bouchemaine décida de payer une tournée générale - la prime d'encadrement doctoral était annoncée -, afin de fêter sa promotion à la classe exceptionnelle. Blaustrumpf, le nouvel arrivant, sentit qu'une autre tournée de "Grappe Dorée" scellerait dans le vin son admission au club très fermé de "La Java Bleue". Il avait tout de suite demandé à Marie-Suzanne son signe du zodiaque, car il aurait refusé de s'attarder dans un établissement tenu par un Scorpion. La tenancière, par chance, était Sagittaire, ce que le psychiatre considérait comme un des meilleurs signes.

Le Crocodile étrennait une nouvelle pipe, en terre cuite du Tanganyika, récent cadeau d'un de ses frères, missionnaire à Zanzibar.

- Sans ma pipe, je me sens nu, expliqua-t-il à Bouchemaine, assis à ses côtés. La pipe, c'est la vie.

Or, Bouchemaine souffrait d'une rare névrose: le parasitage lexical. Dès qu'une personne prononçait un mot, celui-ci se mettait à jouer une folle sarabande dans son esprit. Il le décortiquait, l'analysait, en retrouvait la racine et, dans l'instant, dix comparaisons se présentaient à son esprit.

- Le mot *pipe*, en effet, dit-il d'un ton doctoral, résume bien la vie humaine. Il vient du latin *pipare*, qui signifie glousser, babiller comme un oiseau ou un enfant qui vient de naître. La pipe était d'abord un instrument de musique capable d'imiter ce son. De la naissance on en arrive à la mort, quand on casse sa pipe. Vous trouverez la même racine dans le sanskrit *pippakâ*, l'espagnol ou le suédois *pipa*, le grec *pippos* ou l'allemand *Pfeife*. Des mots comme *pigeon* et *fifre* ont la même origine. Et notez bien qu'en islandais...

- Eh là, Bouchemaine, lança Blaustrumpf, vous oubliez l'essentiel : l'aspect sexuel. Selon mes statistiques, la pipe serait la gâterie préférée des Verseaux. Les Vierges et les Gémeaux, au contraire, catégories de très petite libido il est vrai, sont peu portés sur la chose. Avez-vous remarqué que Freud ramène presque tout aux plaisirs de la bouche ?

- Ma gousse d'ail, Marie-Suzanne, gémit Parkinson, j'attends toujours ma gousse d'ail !

- L'ail est excellent, souligna Bouchemaine. Depuis la haute Antiquité, on sait qu'il éloigne les vampires, les morpions et les femmes. En Inde, il protège contre le mauvais oeil. Le mot est d'origine latine. Plus intéressant est l'allemand *Knoblauch*, à rapprocher de *Kleft*, la fente, et...

- Moi, j'aime ce qui est relevé, coupa Parkinson.

- Oh, laissez faire la nature, conseilla Blaustrumpf, tout finit toujours par se relever, sauf évidemment le temps dans cette putain de ville.

Le grondement d'un lourd convoi de marchandises remorqué par deux BB 22300 grises, zébrées d'orange, avait fort heureusement couvert l'essentiel des conférences étymologiques de Bouchemaine. C'était d'ailleurs un des grands avantages de "La Java Bleue". L'incessant passage des trains interdisait toute conversation suivie.

De sa table où elle faisait du pied à Michou, Julie reconnut Blaustrumpf, son ancien professeur. Elle vint se présenter à lui, et celui-ci la serra dans ses bras.

- Oui, bien sûr, je vous reconnais. Si j'ai bonne mémoire, vous suiviez mon séminaire sur "Mythomanie et cyclothymie chez les Gémeaux". Je venais de découvrir que Marilyn Monroe, Hergé, Schiele et Céline étaient Gémeaux, et que tout découlait de là. Oui, oui, je me souviens très bien de vous. Vous aviez déjà, si vous me le permettez, de très belles jambes. Vous êtes Taureau, je crois ?

- Non, je suis Poisson.

- Je m'en doutais. Tous les Poissons que je connais ont des jambes superbes.

Ce soir-là, le short de Julie était si court qu'il fallait y regarder à dix fois - et personne ne s'en privait -, avant d'apercevoir ce bout de jeans qui dépassait à peine en-dessous de son débardeur. Une nouvelle tournée, en tout cas, fut offerte par le chef du service de réanimation cardiaque de l'hôpital. Elle ponctuait les émouvantes retrouvailles de Blaustrumpf et d'une de ses anciennes étudiantes. La télévision rediffusait le match Rouen-Angers, et chaque but était accueilli par les hurlements de joie de Quart-de-Couille. L'adjudant Pige-que-Couic aurait préféré le film porno sur Canal-Plus. Il s'en consolait avec une bande dessinée, *L'Énigme de l'Atlantide*.

*

Au "Bulgare", c'était l'affluence des grands jours. Par les hasards du calendrier, il y avait ce jour-là dans la ville trois grands rassemblements, un colloque de professeurs de droit, un congrès de rédacteurs en chef de la presse quotidienne et un banquet de VRP en lingerie fine. Beaucoup des congressistes, heureux de se trouver loin de leur bunker conjugal, décidèrent de s'encanailler le long de la voie ferrée. Jusqu'en 1946, le quartier avait été célèbre pour ses maisons closes. Il lui en était resté quelque chose, et l'avenue Félix-Faure avait conservé ce désuet et capiteux parfum de la Belle Époque, fait de stupre et de luxure. Rachel se frottait les mains. Il n'y avait jamais eu autant de monde. Ce serait une des plus juteuses soirées de l'année.

*

D'une cabine de Pigalle, Gabacho téléphona au commissariat dont il avait la charge. Il lui fallut attendre cinq minutes avant d'obtenir quelqu'un au bout du fil. Cela ne l'étonna pas. Il savait que ses hommes détestaient être dérangés au milieu d'une partie de belote. Le préposé au téléphone était le dernier arrivé, un jeune stagiaire dont le quotient intellectuel à un chiffre était un des fleurons de sa promotion.

- Gabacho à l'appareil. Le front est calme ?

- Très calme, patron.

- Bocard n'est pas là ?

- Il patrouille dans la voiture banalisée.

Gabacho se sentit soulagé. Bocard avait donc suivi ses ordres à la lettre. Afin d'adopter le profil le plus bas qui se puisse concevoir, il avait même décidé de ne pas utiliser une voiture de police. Le commissaire raccrocha. Puis il profita de l'ombre relative de la cabine pour se gratter le bas du ventre - de l'urticaire sans doute -, et remonter un de ses seins qui sortait dangereusement du soutien-gorge carmin. Il s'était offert une gâterie : un petit flacon de Joy, le parfum le plus cher du monde. Pigalle lui appartenait, le temps d'un rêve.

*

À minuit précise, les policiers se remirent en marche en direction du pont. À intervalles réguliers, deux hommes s'arrêtaient et se mettaient en faction derrière le pylône d'une caténaire. Ils apercevaient en contrebas la longue enfilade de l'avenue Félix-Faure. Pendant ce temps, Bocard étudiait une dernière fois le terrain au volant de sa voiture. Celle-ci arrivait à hauteur de l'impasse Fassbinder quand Bouchemaine, Blaustrumpf, Julie la Rousse et Parkinson sonnaient à la porte du "Bulgare". Seule la présence du psychiatre leur évita d'être refoulés: il n'y avait plus de place pour un morpion. Et, de fait, il leur fallut vingt minutes pour traverser la piste de danse et tenter de trouver quelques millimètres carrés au fond de l'arrière-salle.

*

0 h 25. Bocard gara sa voiture sur le trottoir, près d'une Mitsubishi, et sortit son fusil à intensificateur de lumière. Il n'avait évidemment pas l'intention d'utiliser cette arme redoutable, mais comment imaginer une opération Coup de Poing sans un minimum de matériel sophistiqué? Il avait vu suffisamment de films d'action américains pour savoir que les terroristes les plus dangereux se figent sur place dès qu'ils aperçoivent une Kalachnikov. Il ronronnait à l'avance de l'effet qu'il produirait lorsque, d'un coup de pied viril, il ouvrirait la porte du "Bulgare" et tiendrait soudain tous les pédés de la ville à sa merci.

Comme toujours dans les ultimes moments qui précèdent une opération d'envergure - Austerlitz, Omaha Beach ou Monte Cassino, par exemple -, les hommes ressentaient soudain un picotement dans la vessie. Et, de fait, tous les policiers se soulagèrent le long de la voie ferrée. Les CRS utilisèrent le terrain vague. Bocard avisa un peuplier esseulé et, par un reste de pudeur, décida de l'utiliser pour cacher sa virilité faiblissante. Il posa le fusil contre le tronc de l'arbre et se libéra.

Un bruit de moto qui démarre se fit alors entendre. Bocard tourna la tête, tout en poursuivant son opération hygiénique et aperçut du coin de l'œil la Mitsubishi qui se portait à sa hauteur. Au dernier moment, l'engin ralentit, monta sur le trottoir, fonça vers l'arbre et, avant que Bocard, en mauvaise posture et la main droite occupée, ait pu réagir, le conducteur casqué s'était emparé de son FR F1 et avait disparu dans la nuit. Il était 0 h 29. L'opération Ballast allait commencer.

*

La grande aiguille de sa montre atteignait le chiffre six quand Anne-Soleil engagea son 38-tonnes dans l'avenue Roland-Barthes qui coupe l'avenue Félix-Faure peu avant le pont. Elle roulait à belle allure, car elle voulait s'arrêter à "La Java Bleue" prendre un verre avant de rentrer chez elle.

Elle venait d'accélérer pour la dernière ligne droite quand, brûlant un stop, un car de police, tous feux éteints, lui coupa la route. Elle donna un coup de volant vers la gauche et se déporta bruyamment sur le trottoir. La vitesse lui avait permis d'éviter le véhicule qui, à l'évidence, roulait au mépris total du code de la route. Le policier au volant avait pilé sur place. Mais un deuxième car suivait, déjà lancé à soixante à l'heure, et le conducteur plus âgé, et aux réflexes moins rapides, s'aperçut trop tard que la voiture de tête s'était arrêtée. Le car la percuta violemment à l'arrière, et quelques secondes plus tard le moteur s'enflammait. Les policiers réussirent à se sauver avant qu'une forte explosion ne vînt réveiller le quartier.

*

Prisonnier de son horaire, Bocard savait qu'il était temps d'entrer au "Bulgare". Certes, ce qu'il avait prévu était différent. Il comptait pénétrer en premier, fusil bien en évidence, et prier les clients de présenter leurs papiers. Un mot de code sur son talkie-walkie devait, quelques minutes plus tard, donner le feu vert aux CRS pour l'assaut final. Le bar aurait alors été encerclé, et une fouille systématique aurait eu lieu. Elle devait permettre de découvrir des kilos d'ecstasy, peut-être même de l'héroïne et de la cocaïne.

Malheureusement, le fusil avait disparu. Il convenait donc de s'avancer les mains nues et d'espérer que sa voix suffirait à convaincre les clients et à couvrir les décibels. Le jeu était risqué. L'Ordre du Mérite n'aurait pas été volé.

Montrant sa carte au préposé de l'entrée, Bocard réussit à se glisser dans le bar, mais il se rendit compte tout de suite qu'il serait impossible de se faire entendre. Emporté par la marée humaine, il progressa millimètre par millimètre en direction des toilettes. De longues minutes s'écoulèrent. Arrivé dans le petit couloir aux lumières tamisées, où plusieurs hommes - sans doute terrassés par la fatigue -, étaient accroupis, il dut user des coudes et des jambes pour se frayer un chemin vers le cagibi d'aisance, plongé dans une totale obscurité. Là, Bocard s'épongea le front et sortit sa radio portative.

- Opération Ballast. Opération Ballast. Appelle Aphrodite... M'entendez-vous ?

- Ici Aphrodite. Je vous reçois 5 sur 5.

- Changement de programme. Je suis prisonnier au "Bulgare". Regroupez tous les hommes disponibles et investissez tout de suite ce putain de bar de merde. Grouillez-vous !

- Message reçu. Contre-ordre bien compris. Attaque générale confirmée.

Alors que les hommes s'apprêtaient, par petits groupes, à pénétrer dans les bars du quartier, le contre-ordre, qui ne les surprit pas, leur fit rebrousser chemin à la dernière minute. Les policiers et les CRS se déployèrent en direction de l'impasse Fassbinder.

Huit minutes plus tard, celle-ci était bouclée. Un premier commando de cinq hommes pénétra dans le bar. Ils tirèrent plusieurs coups en l'air, après les sommations d'usage que personne ne pouvait entendre, puis se replièrent à l'extérieur pour éviter d'être incommodés par les gaz lacrymogènes qu'ils venaient de lancer sur la piste de danse. Les clients sortirent en hurlant et tombèrent dans les bras des policiers. Malgré leurs cris de protestations, ils furent tous conduits vers les paniers à salade qui s'étaient regroupés avenue Félix-Faure.

Ainsi prenait fin l'Opération Ballast. À l'exception du vol du fusil et de l'accident des cars au carrefour, elle s'était déroulée sans anicroche. Malgré les gaz lacrymogènes, personne n'avait été blessé. Soixante-dix-neuf personnes, qu'il conviendrait désormais de fouiller, étaient maintenant au poste. Dès son arrivée au commissariat, Bocard décrocha son téléphone et appela, comme il le lui avait demandé, le maire de la ville. Il était 1 heure 15 du matin.

- Opération terminée, monsieur. Soixante-dix-neuf arrestations. Un plein succès. Vous pouvez prévenir le ministère.

- Ça me serait difficile, Bocard. Le ministre de l'Intérieur a démissionné hier soir. Bravo quand même. Nous ferons le point demain matin, voulez-vous ?

Et Berbérac raccrocha avec une pointe d'inquiétude au cœur.

11

Pierre Bouchemaine posa sa valise au milieu de la pièce vide. Le terme studio était flatteur. Avec ses dix-neuf mètres carrés, l'appartement s'apparentait plutôt à un placard. N'empêche, c'est ce placard qui désormais serait son *home*. Il ouvrit sa serviette, en sortit une carte de l'Inde et la photo de Jean Seberg dans *À bout de souffle*, puis les punaisa sur le mur. Lui aussi, depuis le départ de Laurence, était à bout de souffle.

À la même heure, Isabelle Bouchemaine, entièrement nue, arpentait à grands pas, un verre d'Alka-Setzer à la main, les quatre cents mètres carrés de son superbe appartement du XVIIIe siècle, place de la mairie. Elle avait tiré les lourds rideaux de velours, et les lambris dorés brillaient sous les lampes halogènes. Comme son mari, mais pour d'autres raisons, elle avait eu une nuit agitée. Tout d'abord, elle était rentrée à son domicile et avait caché en lieu sûr - derrière des piles de livres en hindi -, le fusil infrarouge qui lui permettrait de se débarrasser bientôt de son époux. Puis, après deux pilules d'ecstasy, elle s'était rendue au "Westminster", le bar snob du centre ville, lieu de drague obligé pour gens cossus. Elle n'eut aucun mal, l'échancrure de son blouson aidant, à lever un VRP en lingerie fine et l'invita à voir les estampes indiennes de son mari. De fil en aiguille, un verre amenant un autre verre, un cran de fermeture-éclair un autre cran, Isabelle termina la nuit avec lui. La soirée, somme toute, fut agréable, mais le représentant constata qu'il n'aurait aucune chance de placer sa marchandise auprès d'Isabelle: celle-ci ne portait jamais de sous-vêtement. Elle était cuir et ne supportait ni le coton ni le nylon ni la soie.

*

À l'instant précis où Isabelle Bouchemaine, lovée dans un fauteuil Louis XVI, frémissait sur l'accompagnement d'un disque laser "La Symphonie du Nouveau Monde", le commissaire Gabacho, dans le TGV qui le ramenait sur ses terres, dut se lever pour la vingtième fois depuis son départ de Paris. Puis il fonça vers les toilettes. Le problème n'était pas d'ordre intestinal. Depuis quelques jours, d'incessantes démangeaisons dans le bas-ventre le contraignaient à se gratter. À plusieurs reprises, il avait plongé le nez vers la zone sinistrée mais, pour autant que ses yeux de presbyte pouvaient le lui permettre, il n'avait rien remarqué, sinon quelques minuscules points noirs.

Pour se rasséréner, il se rendit à la voiture-bar et commanda un café. Sur une table étroite traînait le numéro du jour du *Figaro*. Gabacho découvrit que le Premier ministre avait démissionné, à la suite de quelque scandale financier dans lequel aurait trempé le ministre de l'Intérieur qui, depuis hier soir, ne trônait plus à la place Beauvau. Le nouvelle laissa Gabacho indifférent. La politique était le cadet de ses soucis. Il savait que ce sont les hauts fonctionnaires qui prennent les vraies décisions, non les ministres.

Relevant la tête de son journal, le commissaire constata que la pluie était au rendez-vous et zébrait les vitres oblongues. Ce qui signifiait que le train arrivait à son terminus. Le policier s'empressa de retourner à sa place chercher sa valise, tout à l'heureuse pensée de retrouver ses dossiers et de reprendre, le soir-même, son enquête à "La Java Bleue".

*

Trente minutes lui avaient suffi pour mesurer l'étendue du désastre. Au fur et à mesure que Bocard, effondré sur une chaise, mal rasé, livide, racontait à son supérieur les faits de la nuit et dévoilait, d'une voix d'outre-tombe, les conséquences prévisibles de l'Opération Ballast, Gabacho sentit sa colère monter. Tous les efforts que, depuis des semaines, il avait si vertueusement accumulés pour démanteler le réseau Ecstasy, semblaient anéantis. Le quartier de la gare deviendrait une zone à haut risque pour les dealers. Ils ne s'y aventureraient plus.

Les soixante-dix-neuf contrôles d'identité des clients

du "Bulgare", dont Gabacho avait la liste sous les yeux, permettaient d'apprécier l'ampleur de la tragédie. Si l'on exceptait le patron et les barmen de l'établissement, ainsi qu'une vingtaine d'habitués des deux sexes - qui, du reste, figuraient tous sur les listes secrètes de Gabacho -, on avait le sentiment que Bocard et ses hommes avaient arrêté plusieurs pages du *Who's Who* ou du *Bottin mondain*. Il y avait là un professeur de sanskrit, un psychiatre réputé, un chef de service de l'hôpital. La rafle incluait le premier adjoint du maire, le substitut du procureur et un animateur de la MJC. Il y avait surtout une vingtaine de professeurs de droit, de notoriété internationale, et autant de rédacteurs en chef de la presse quotidienne. Seuls éléments quelque peu incongrus: un colonel, son stick et un sémillant jeune lieutenant, mais aussi neuf représentants en lingerie fine (dont l'un, d'ailleurs, était le suppléant d'un député socialiste). Tous avaient dû passer une partie de la nuit au poste.

Tous aussi, évidemment, avaient fait savoir qu'ils porteraient plainte. Certains professeurs de droit menaçaient de porter l'affaire devant la Cour internationale de La Haye. De leur côté, les rédacteurs en chef avaient téléphoné à leurs journaux. La meute des journalistes et des photographes n'allait pas tarder à arriver. On annonçait le débarquement de plusieurs équipes de la radio et de la télévision. Les éditoriaux du lendemain seraient consacrés à l'affaire.

Bien entendu, les policiers n'avaient pas trouvé un seul gramme de drogue. Dix-neuf gélules colorées avaient, certes, été envoyées au laboratoire, mais il s'agissait d'antidépresseurs, d'anxiolytiques et de vasodilatateurs. Tout cela ne surprit pas Gabacho.

Dès l'instant où un commando investit un lieu aussi fréquenté que "Le Bulgare", les drogues disparaissent comme par enchantement. Il suffit de les laisser tomber par terre où, sous le martèlement des pieds, elles ne tardent pas à se diluer dans la poussière et la bière des verres brisés.

Et, pour couronner le tout, le seul FR F1 du commissariat avait été volé. Par un fou ? Par un terroriste ? Par la bande à Baader ? Par un maniaque de la gâchette ? Il y avait désormais dans la ville un cinglé en liberté qui, avec son arme ultra-sophistiquée, pouvait prendre en otage de paisibles retraités ou des marmots de la maternelle.

Seul point positif, les faits s'étaient déroulés en l'absence, parfaitement légale et contrôlable, du commissaire Gabacho. C'est donc, en bonne justice, Bocard qui porterait le chapeau et irait, dans la meilleure hypothèse, finir sa carrière aux îles Kerguelen ou dans les monts d'Arrée. D'autant que le crétin avait été assez stupide pour ne pas exiger des ordres écrits. La préfecture nierait courageusement toute implication dans l'affaire. Le maire réclamerait, au nom de la moralité publique, la tête de Bocard. Et la protection ministérielle s'était, faute de ministre, évanouie quelques minutes avant le début de l'Opération Ballast.

Gabacho sentit soudain que sa colère annuelle s'emparait de lui. Il se leva, saisit son téléphone et l'envoya valser à l'autre bout de la pièce. L'appareil explosa.

- Vous vous rendez compte, Bocard, que vous êtes

vraiment le roi des abrutis, le champion des connards, l'empereur des trous du cul, le pharaon des fout-la-merde. Qu'est-ce qui vous a pris de vouloir nettoyer la ville ? Nous ne sommes pas sous le IIIe Reich.

- Mais l'archevêché...

- Au diable, l'archevêché... Personne n'écoute ce qu'il dit, à commencer par les curés... Et mon enquête, bon Dieu, qu'est-ce que vous en avez fait ? Je vais tout devoir reprendre à zéro. Le scandale va éclater dans toute la France, et nous serons la risée de l'Amérique. Imaginez l'immense éclat de rire qui va secouer New York et San Francisco. Nous ferons la une de la presse. Si vous vouliez arrêter des gens à tout prix, pourquoi ne pas foutre en taule des punks ou des clochards ? Non, non, monsieur fait la fine bouche. Il lui faut le gratin, le gros gibier. Des profs de fac, de droit si possible, des journalistes, rédacteurs en chef c'est plus gratifiant. Un psychiatre ami du président de la République. Le premier adjoint du maire. Le substitut. Un colonel de parachutistes. Et le Professeur Bouchemaine, un de vos chouchous d'ailleurs, puisque ça fait deux fois cette semaine que vous l'envoyez au trou. Vraiment, Bocard, je crois rêver. La police des polices va débarquer avec des tanks et des lance-flammes. Et, de plus, vous me sabotez deux cars de police, et vous vous faites piquer un fusil qui coûte la peau des fesses, sous prétexte que vous aviez envie de pisser... Ah, vraiment, Bocard, je savais que j'étais entouré d'abrutis, mais j'étais beaucoup trop optimiste. Les abrutis, à côté de vous, sont des prix Nobels. À votre place, Bocard, à votre place...

Il n'eut pas le temps de prendre la place de Bocard. Il sentit que ses jambes flageolaient puis, comme une masse, il s'effondra sur le plancher. Il fallut appeler le SAMU.

*

Fort heureusement, comme put le constater Julie, il s'agissait d'un simple évanouissement dû au stress. Une brutale crise d'hypotension avait fait le reste. Gabacho, étendu sur son lit d'hôpital, se sentit rassuré. Il n'aurait pas aimé finir ses jours paralysé. Il se souvint, d'ailleurs, qu'il s'était également évanoui, trente ans auparavant, en apprenant son succès au bac.

- Merci, docteur... Je vous ai vue à "La Java Bleue", mais je ne connais pas votre nom. Quant à moi, vous me connaissez également, mais sous une autre apparence. Le soir, je me déguise en Madame Dolbiac, pour les besoins d'une enquête. Cela doit rester entre nous, évidemment...

- Madame Dolbiac ? Ça, par exemple ! Eh bien, je suis Julie Guizot. Faites comme tout le monde, appelez-moi Julie.

- Tant que vous y êtes... Vous vous y connaissez un peu en dermatologie ?

- Non, mais il doit bien me rester quelques souvenirs de mes cours.

Bouchemaine expliqua que des démangeaisons mal placées l'empêchaient, depuis quelques jours, d'être pleinement serein.

- Montrez-moi ça, dit-elle, en prenant une grosse loupe dans sa trousse.

Elle se pencha sur les poils noirs du policier et les examina avec attention. Elle nota d'abord avec intérêt que le commissaire se parfumait au Joy, preuve de son bon goût. Puis de l'ongle elle se mit à gratter un des petits points noirs, réussit à le décoller de la peau, le saisit entre ses doigts et le plaça sous la loupe. Elle éclata de rire.

- Vous cumulez, commissaire ! Ce sont des morpions, tout simplement. Ces sales bêtes sont teigneuses. Le mieux serait de me raser tout cela pour les priver de leur résidence préférée. Vous allez ressembler à la montage Pelée, ce qui plairait beaucoup à Anne-Soleil.

- Des morpions ? Mais je n'ai pas eu de rapports sexuels depuis des semaines... Je reste croyant, mais je ne pratique plus.

- Oh, vous savez, les morpions sont des nomades. Vous pouvez aussi bien les choper dans des toilettes ou dans un hôtel. Des scientifiques américains ont même découvert des morpions volants dans les pays humides et les zones inondées. Je ne serais pas surprise qu'il y en ait dans notre ville.

- Une dernière question, Julie. Le Professeur Bouchemaine avait une amie, une certaine Laurence, qui travaillait comme infirmière au service de réanimation cardiaque. Or, elle a disparu... Ce nom vous dit quelque chose ?

- Non, je ne connais pas de Laurence, mais je ne suis dans ce service que depuis peu. Je me renseignerai et vous tiendrai au courant. Allez, je suis obligée de filer ! Vous pouvez rentrer chez vous. Ce soir, je vous apporterai du *fly-tox* à "La Java Bleue". En attendant, frottez-vous avec de l'ail, ces parasites n'aiment pas ça. Au revoir, commissaire, et bon safari morpion !

*

Quand Gabacho reprit sa place derrière son bureau du commissariat, un court rapport l'attendait. Le policier chargé, pour la bonne règle, de vérifier l'état de la voiture hollandaise accidentée avait découvert un double fond dans le coffre. Celui-ci était vide, à l'exception d'une petite cassette qui contenait vingt kilos d'ecstasy.

Ainsi, pour la première fois depuis des semaines, Gabacho tenait enfin un élément tangible. Grâce à l'aide des policiers d'Amsterdam, il réussirait peut-être à remonter la filière. Il appela un de ses adjoints et le pria d'aller, toutes affaires cessantes, faire le tour des hôtels et de vérifier si un Hollandais était encore dans la ville. Un coup de téléphone de Paris d'un de ses collègues du TIC l'informa bientôt que la une de *France-soir* et la dernière page du *Monde* étaient, en grande partie, consacrée à l'Opération Ballast. L'onde de choc viendrait le lendemain, avec les journaux du matin.

Le maire attendait devant la porte du commissaire. Mais il dut patienter quelques minutes de plus. Gabacho était reparti aux toilettes pour se gratter.

12

Le lendemain, un nouveau message d'Amsterdam attendait Gabacho. Le vol de la Volvo remontait à six mois. Le propriétaire était, en fait, une communauté religieuse intégriste. Détail curieux, et que les policiers hollandais donnaient par acquis de conscience: le véhicule avait été dérobé alors qu'il contenait un chargement d'aubes, de surplis et de soutanes. Ainsi donc, la piste Amsterdam se confirmait. Gabacho n'en fut pas surpris. Il savait que ce port des Pays-Bas est la plaque tournante de la drogue en Europe. On y vend en pleine rue, sous l'œil indifférent des policiers, de l'ecstasy, de la cocaïne ou de l'héroïne.

Puis Gabacho se plongea dans la lecture de la presse. Comme prévu, l'Opération Ballast faisait l'unanimité contre elle. La gauche fustigeait "le racisme anti-homosexuel alimenté par la droite réactionnaire" et "les méthodes fascisantes d'une police que l'on croirait formée en Afrique du Sud". Le correspondant de *Libération*, seul journaliste présent sur le terrain lors de l'attaque, donnait une chronologie détaillée des faits et indiquait que "selon des sources

officieuses mais généralement bien informées",
l'opération avait été commanditée par la municipalité
de droite, sous la pression occulte de l'archevêché. La
presse communiste stigmatisait "l'insolent cynisme
des dealers assoiffés d'argent". La presse
conservatrice n'était guère plus tendre. La tragédie
symbolisait "la dégradation morale d'une société sans
valeurs" et "le manque de discernement d'une police
artisanale, sous-équipée et mal payée, incapable de
faire face à un des défis majeurs de notre temps". Un
humoriste ironisait sur le spectaculaire déraillement
d'une opération Bidon, dont le scénario semblait avoir
été écrit par Pierre Richard. Plus discrète, la presse
catholique publiait un entrefilet de quinze lignes, en
bas de page, afin d'éviter de choquer ses lecteurs. Aux
informations du matin, Gabacho avait entendu que -
cas rarissime -, vingt-cinq rédacteurs en chef de
province avait cosigné le même éditorial où ils
réclamaient la mise à pied de Léon Bocard. Un seul
journaliste avait précisé que, ce jour-là, le
commissaire Gabacho se trouvait à Paris à une
réunion syndicale du TIC et que toute l'opération
avait été organisée en catimini, sous la seule
responsabilité dudit Bocard.

Le journal du coin, *La Gazette*, avait donné la parole
à Jean-François de Berbérac, maire de la ville. Celui-
ci s'élevait contre les méthodes de "certains membres
de la police qui se croient au Far West" et exigeait
l'exclusion du responsable de cette "regrettable
bavure". "Il ne serait pas sain pour la démocratie et la
morale, disait-il, que seuls quelques lampistes paient
les pots cassés". Diverses associations avaient publié
des communiqués de protestation. C'était le cas du
VAGIN (Vigile des avocats gais, indépendants et

nationalistes) et du PHALUS (Phalange homosexuelle et apolitique des lesbiennes et uranistes socialistes). Les deux associations s'étaient portées partie civile.

En tout petits caractères, au bas d'une page intérieure du même journal, un humble RECTIFICATIF attira le regard expert de Gabacho. "*Une regrettable erreur de transmission,* lisait-on, *nous a fait publier la nécrologie de M. Jean Bouchemaine, maître de conférences d'aïkido à l'université Maurice-Vian. Cette publication s'est avérée prématurée. Nous tenons à préciser que M. Bouchemaine, qui nous a courtoisement rendu visite hier, est en parfaite santé. Nous le prions, ainsi que son épouse, professeur de sanskrit, d'accepter toutes nos excuses*". Un second rectificatif, en caractères encore plus petits, corrigerait sans doute demain les nouvelles âneries de *La Gazette* qui, depuis toujours, s'était spécialisée dans les erreurs de noms et de prénoms (le même numéro transformait, d'ailleurs, selon les paragraphes, Bocard en Rocard, Focard et Tocard).

Tout en se grattant, Gabacho regarda sa montre. 8 heures du matin. La police des polices ne tarderait pas à arriver. Il lui restait quelques minutes sans doute pour compléter son dossier sur Laurence, car il s'était pris au jeu, et avait déjà découvert un certain nombre de faits troublants. Julie avait obtenu l'information souhaitée: Laurence, quarante ans, née à Gevrey-Chambertin (Côte-d'Or), fille du colonel d'Amberval, héros de Dien Bien Phu, avait en effet travaillé au service de réanimation cardiaque de l'hôpital. Elle l'avait quitté, quelques semaines auparavant, après avoir obtenu une mise en disponibilité pour deux ans, à compter du 1er janvier. Puis elle était partie pour Orléans, où son mari venait de s'installer. Or, un collègue du Loiret avait fait savoir à Gabacho que Laurence, en fait, n'avait jamais rejoint son époux. Elle s'était évaporée dans la nature. Le mari s'en était consolé. Grâce à sa BMW, il n'avait eu aucun mal à trouver une intérimaire. "Tout cela est bizarre, songea Gabacho, très bizarre. Les femmes de dix-huit ou vingt-cinq ans disparaissent. Pas les rombières de quarante ans".

Un discret coup à la porte interrompit la lutte anti-morpions du commissaire. C'était Rachel, le sympathique patron du "Bulgare", un jeune homme de cinquante ans vêtu d'un pull-over rouge et d'un Levi's de très bonne coupe, ancien cheminot qui avait bifurqué vers une voie de garage inhabituelle. Gabacho l'avait invité pour un petit déjeuner de travail. Les deux hommes se connaissaient depuis longtemps et s'appréciaient. Il leur était même arrivé d'aller ensemble en vacances au pays basque. Leur amour commun était les chemins de fer. Ils pouvaient discuter pendant des heures sur les crémaillères, les block-systems, les caténaires, les aiguillages, les pointes de cœur les contrecœurs, les crocodiles et les arrière-trains. Ils étaient imbattables sur les horaires et les itinéraires, les types de locomotives et l'histoire des chemins de fer à travers le monde.

- Merci d'être venu, Rachel. Je vois que vous restez fidèle au Shalimar. Vous devriez essayer le Joy... Bon, je tiens d'abord à m'excuser auprès de vous. Je ne vous apprendrai pas que Bocard est un abruti, vous le saviez. Mais là, il s'est surpassé. Un coup de folie. Inutile de vous dire que l'État paiera tous vos frais, s'il y a eu de la casse.

- Rien de bien méchant... Deux ou trois verres de cassés. Plus le manque à gagner, bien sûr, car beaucoup de clients n'ont pas eu le temps de payer. Je risque d'avoir moins de monde dans les jours qui viennent, mais "Le Bulgare" va se redresser.

- Tout finit toujours par se redresser. Mais, dites-moi, Rachel, est-ce que vous m'auriez caché quelque chose ? À propos de la drogue, je veux dire...

- Non, mais le fait est que, l'autre soir, j'ai remarqué que de jeunes dealers proposaient de l'ecstasy aux clients. Je les ai mis à la porte, mais le lendemain d'autres les remplaçaient. Et en faisant le ménage hier, j'ai noté plusieurs pilules d'ecstasy écrasées sur le plancher. À l'évidence, c'est un raz de marée, et je ne vois pas comment je pourrais l'endiguer tout seul.

- Ouvrez l'œil, reprit Gabacho. Signalez-moi tout ce qui vous paraît étrange. Ce sont les petits détails qui comptent, comme dans la vie amoureuse. Au fait, vous avez vu les nouveaux tarifs du TGV ? Si ça continue, j'irai à Paris à bicyclette. Ah, tenez, je n'ai pas oublié ma promesse. Voici le livre sur les chemins de fer en Inde que j'ai déniché pour vous à Paris. Il faudrait que nous y allions un jour. Un vrai paradis ! Regardez : 62 000 kilomètres de lignes, 11 millions de passagers par jour, plus de 7 000 gares, et pas de RESA ! Et il y a encore de vrais trains, je veux dire des trains à vapeur... Oh, excusez-moi un instant, Rachel, il faut que je file aux toilettes pour une vérification urgente !

*

Une fois par semaine, Marie-Suzanne achetait deux billets de loto pour les habitués de "La Java Bleue" Chacun donnait un franc, et il était convenu que les recettes seraient partagées. Force est d'admettre que, depuis cinq ans, les pertes étaient supérieures aux bénéfices. Mais cela faisait partie des rites de "La Java Bleue". Cette semaine, cependant, avait été une exception puisque le numéro 19 avait remporté la coquette somme de cinq cents francs. De quoi payer ce soir une tournée générale de clos-de-bèze.

*

Pierre Bouchemaine se sentait mieux. Malgré l'exiguïté de son placard, il se réjouissait d'avoir enfin retrouvé un gîte. Il passa une partie de la matinée dans une brocante et y acheta une table à cent dix francs, deux chaises à trente francs et un cendrier à cinq francs. Un de ses collègues d'espagnol avait accepté de lui prêter un lit de camp, une assiette, un verre et des couverts, et il avait enfin pu quitter l'hôtel des routiers.

À l'heure où Bouchemaine s'adonnait ainsi, pour la première fois de sa vie, au délicat plaisir de l'ameublement bourgeois, son épouse Isabelle garait sa Mitsubishi à proximité du pont de chemins de fer. Puis, s'agrippant aux arbustes qui poussaient sur le remblai, elle atteignit sans difficulté le tablier du pont.

Elle poussa un soupir de satisfaction. La vue sur "La Java Bleue" était imprenable. C'était donc bien là qu'il faudrait venir guetter dès ce soir. L'infrarouge lui permettrait d'obtenir un tir de haute précision, même dans l'obscurité le plus totale. Et elle pourrait, du coup, abattre à la fois Bouchemaine et ses trois putes.

*

Au commissariat, les choses allèrent bon train. Arrivés à 9 heures précises, serrés dans leurs imperméables gris, le visage impénétrable, les inspecteurs de la police des polices repartirent à 14 heures. Il était clair que les heures de Bocard étaient comptées, mais sans doute les Parisiens voulaient-ils attendre le feu vert du nouveau ministre de l'Intérieur, qui devait être nommé dans la soirée. Se sachant condamné, Bocard restait prostré sur sa chaise, en proie à un tremblement incontrôlé. En milieu de l'après-midi, il tenait des propos incohérents et traitait ses collègues de lesbiennes. Puis il réclama en hurlant l'ordre du Mérite. Vers 18 heures, il essaya de se pendre à la chasse d'eau et déclencha une inondation. Blaustrumpf fut appelé sur les lieux. Après s'être enquis du signe zodiacal du pauvre policier (c'était un Scorpion), il diagnostiqua une crise de bouffées délirantes. Une ambulance conduisit Bocard à l'hôpital psychiatrique.

Ce même après-midi, Gabacho se faisait remettre le listing informatique des 2 662 propriétaires de Mitsubishi vivant sur le département. Il se promit de l'éplucher en détail. Certes, la Mitsubishi vue par l'abruti de Bocard était sans doute un engin volé. Mais il ne fallait rien laisser au hasard et, malgré son état de démence précoce, Bocard avait cru se rappeler que la moto était immatriculée dans le département.

*

La presse avait programmé de nouveaux papiers sur l'Opération Ballast. Ils se retrouvèrent au vide-ordure quand on apprit que le célèbre chanteur de rock Mike Raynward venait, à trente et un ans, de mourir d'une overdose d'ecstasy. Idole des jeunes, bisexuel notoire, toujours mal rasé, incapable d'aligner trois mots en anglais, il incarnait, dans ce qu'elle a de plus délicat, la riche sensibilité esthétique contemporaine. Dans ses clips-culte, dont le caractère morbide aurait fait fuir Sigmund Freud lui-même, il exaltait par onomatopées bien rythmées les valeurs du sexe révolutionnaire et libérateur. Son tube "New Atlantis" lui avait rapporté plus d'argent en une semaine qu'un agrégé n'en gagne pendant un siècle. De son appartement de la rue Kléber, il condamnait par des borborygmes la société de consommation et signait, sans les lire, toutes les pétitions qui lui étaient présentées. Chéri des media, invité de tous les dîners en ville et de toutes les émissions littéraires, Mike Raynward (de son vrai nom Jules Balbouzard) apparaissait en troisième position au hit-parade des personnalités françaises. Son décès réjouit beaucoup Gabacho. Il savait que les journalistes allaient immédiatement cesser de s'intéresser à sa ville. Tous, en effet, reprirent dans l'instant la route de Paris. Avec la mort du beau Mike, l'affaire Ballast passait aux oubliettes.

*

Et cette journée de transition se termina à "La Java Bleue". Presque tous les habitués étaient au rendez-vous. Blaustrumpf fit circuler auprès des intellectuels du groupe les tirés à part de son article "Les silences de Dieu dans la Bible : Dieu est-il Gémeaux ?". Seule à une table, Le Poisson lisait *L'Atlantide* de Pierre Benoit. Pige-que-Couic annonçait fièrement, dans l'indifférence générale, qu'il venait déjà d'être nommé adjudant-chef. Anne-Soleil montrait des photos de Loupette sur son lit d'hôpital. Madame Dolbiac, alias Gabacho, paraissait plongée dans *Modes et travaux*, alors qu'il épluchait, en fait, la liste des propriétaires de Mitsubishi. Julie, dont les jambes étaient encore plus dénudées que d'habitude, vint prendre des nouvelles des morpions. Bouchemaine corrigeait, sur un coin de table, les épreuves d'un article sur Dvârakâ, la ville engloutie de l'Inde. Parkinson, branlant du chef et des membres, éructa quelques apophtegmes ironiques sur les gradés, que Pige-que-Couic prit pour des compliments. Le Crocodile réclama l'étymologie du mot *tabac*, que Bouchemaine lui fournit sur le champ. Les lèvres de La Touille remuaient, mais la pression acoustique était si faible qu'aucun son ne sortait de sa bouche. C'est alors que Marie-Suzanne annonça que "La Java Bleue" avait gagné cinq cents francs au loto, ce qui fit monter la tension d'un cran.

À la même heure, appuyée contre la rambarde du

pont, Isabelle Bouchemaine observait la scène. Derrière elle passait un étrange convoi de wagons plats chargés de cabines téléphoniques corrodées, incrustées de berniques et encore recouvertes d'algues et de goémons.

13

RECTIFICATIF. *Un regrettable incident d'ordinateur, dû à un virus, nous a fait écrire, dans l'article d'hier consacré au décès de M. Bouchemaine qu'il s'agissait de M. Jean Bouchemaine, maître de conférences d'aïkido à l'université Maurice-Vian. L'identité et la fonction exactes du défunt sont, en réalité, M. Pierre Rouchemaine, Professeur de sanskrit. Nos lecteurs auront rectifié d'eux-mêmes. La météo reste optimiste, et les températures devraient se rapprocher des moyennes saisonnières. La Gazette n 'en présente pas moins ses excuses à la veuve du Professeur Vian, Mme Touchemen.*

Les décès et réincarnations successives du Professeur Bouchemaine lui avaient aliéné le furtif capital de sympathie que son premier trépas lui avait acquis. Les rumeurs reprirent de plus belle et caracolèrent dans les couloirs. Chacun s'accordait à penser qu'il s'agissait là d'un coup médiatique, créé par Bouchemaine lui-même dans le seul but de se faire mousser auprès des étudiantes. Son goût pathologique pour les minijupes fut confirmé par plusieurs témoins oculaires. La collègue qui, deux jours auparavant, proposait au président de l'université de donner le nom du cher disparu à l'un des nouveaux amphithéâtres, suggéra de porter plainte. D'autant que l'éphémère vacance du poste avait donné lieu à divers coups de téléphone à travers la France. Dix docteurs en sanskrit au chômage avaient déjà fait savoir qu'ils se portaient candidats. Les frissons d'indignation se confondirent avec les révélations de plus en plus croustillantes sur la vie privée d'un autre professeur de lettres, sexagénaire. Les prouesses sexuelles de Bouchemaine dépassèrent bientôt celles de don Juan, de Casanova et du marquis de Sade réunis. Personne ne s'avisa de penser qu'il pouvait être impuissant.

La révocation de Bocard fut annoncée au bulletin d'informations du matin. Mais la quasi-totalité de celles-ci était consacrée aux témoignages de sympathie qui ne cessaient d'affluer avenue Kléber au domicile de Mike Raynward. Le ministre de la Culture, la voix nouée par l'émotion, déclara sur TF 1 que le chanteur était "un des plus purs joyaux de la musique française". Le ministre de l'Éducation, dont les fautes d'orthographe faisaient la joie de ses secrétaires, suggéra aux professeurs d'anglais d'étudier une des compositions du Maître, lequel, en effet, n'éructait qu'en anglais, langue qu'il ignorait. Les obsèques seraient célébrées au Père-Lachaise "dans la plus stricte intimité". On prévoyait cinq cents journalistes et trente mille personnes.

*

Attaché à son lit, Bocard passait par des stades de

terreur silencieuse puis d'agitation extrême. Il se
prenait pour Gilles de Retz et demandait à ses juges
de lui pardonner ses sodomies répétées. L'instant
d'après, il déclarait que des fumeurs de cigarettes
avaient abusé de lui. Il réclama le feu de Sodome sur
l'ancien parlement de la ville. Il ne reconnut pas
Gabacho quand celui-ci vint lui signifier sa
révocation. Le prenant pour le maire, il lui cracha au
visage. L'examen neurologique s'avéra négatif, mais
le pouls battait à 150 et la tension avait grimpé à 18.
Blaustrumpf restait cependant optimiste. La plupart
des Scorpions, dit-il, se remettaient sans mal des
bouffées délirantes. Il doubla la dose de
chlorpromazine. Le délire, selon lui, durerait quelques
heures.

*

La préfecture confirma l'intuition de Gabacho :
Laurence s'était fait établir un passeport cinq mois
auparavant. Ce qui semblait indiquer qu'elle préparait
son départ depuis longtemps. Par le service du
personnel de l'hôpital, il obtint l'adresse de sa banque.
Il s'y rendit aussitôt et n'eut guère de mal à obtenir les
relevés de compte de Laurence. Celle-ci avait soldé
ce dernier le 5 janvier et était repartie avec la somme,
en liquide, de 42 619 francs. Pas de quoi vivre dix ans
sous les cocotiers, mais le montant était plus que
suffisant pour acheter un billet de première classe
pour une destination lointaine. Rio de Janeiro ou
Zanzibar, par exemple.

L'informatique est aujourd'hui le principal allié de la police. Elle permet de tout savoir en quelques secondes grâce aux cartes à puces et aux relevés de carte Bleue. Gabacho le savait, et un de ses informateurs était ingénieur aux Telecom. Il passa le voir en fin d'après-midi et lui demanda s'il serait possible d'obtenir la liste de tous les numéros de la ville qui, depuis le début du mois, avaient appelé les Pays-Bas.

- Techniquement, commissaire, c'est un jeu d'enfant. Mais, compte tenu du nombre d'abonnés, il me faudra du temps pour trier tout cela. Ca me simplifierait les choses si vous pouviez déjà me sélectionner des types d'abonnés, quitte à tout reprendre à zéro si nous faisions chou blanc.

- Eh bien, ce qui m'intéresse d'abord, ce sont les hôtels, les restaurants, les bars et les cabines publiques.

- Donnez-moi trois jours, commissaire. Bien entendu, tout cela doit rester strictement entre nous.

- Je ne dévoile jamais mes sources, vous le savez bien.

*

De retour chez lui, Gabacho ouvrit sa garde-robe. Il avait décidé d'élargir son enquête et de reprendre un à un les bars qu'il avait déjà visités, trop rapidement peut-être. En quoi se déguiserait-il cette fois pour aller prendre un verre au "Béraud", le bar des minables ? En mécanicien ? Trop salissant. En femme ? Mieux valait réserver cela pour "La Java Bleue". Il opta pour une soutane, ce qui avait l'avantage de demander une préparation très rapide. Il choisit une paire de lunettes d'écaille, se blanchit les cheveux avec une poudre qu'un shampoing ferait disparaître. Puis, ayant pris *La Nouvelle Atlantide* de Francis Bacon, il se dirigea vers l'avenue Félix-Faure. En route, il croisa Marie-Suzanne qui, Fax sur les talons, regagnait son restaurant, un petit panier d'ail à la main. Elle ne le reconnut pas.

Comme c'était souvent le cas, "Le Béraud" - qui souffrait de la proximité de "La Java Bleue" -, était quasiment vide. Gabacho s'installa à une table au fond de la salle et se mit à lire Bacon. Il s'était fait servir une bénédictine, puis s'était figé dans ce qui pouvait paraître une profonde méditation métaphysique.

Une jeune femme brune, vêtue d'un blue-jeans tailladé au cutter, se présenta bientôt et demanda un jus de tomate. Ce n'est qu'au bout de quelques minutes qu'elle remarqua la présence du prêtre. Elle eut l'air surprise et vint directement vers lui.

- Excusez-moi, mais... vous êtes un remplaçant ?

Gabacho maugréa une réponse inaudible.

- Ca n'est pas la date prévue, reprit-elle. Je n'ai pas pris mes dispositions. Karel ne viendra plus ?

Le commissaire leva les yeux vers le plafond.

- Infarctus. Les voies de Dieu sont impénétrables. Que puis-je faire pour vous ?

- Comme d'habitude. Vous pouvez revenir samedi à la même heure ?

- Bien sûr, bien sûr.

- Alors, à samedi. Et méfiez-vous des flics. Ils ont pris le mors aux dents. On ne peut plus les tenir.

La jeune femme retourna au bar, avala son jus de tomate d'un trait et ressortit aussitôt. Sa Clito rouge sang à injection indirecte était garée devant "Le Béraud". Gabacho s'empressa de noter son numéro d'immatriculation.

*

Il fallut bien détacher Bocard pour lui permettre d'aller aux toilettes. À l'évidence, d'ailleurs, la chlorpromazine avait fait son effet. Le policier avait retrouvé son calme. Le visage hébété, il se rendit à la salle de bains, tandis que l'infirmier l'attendait dans la chambre.

Celui-ci ne remarqua pas, à son retour, que le regard du malade avait changé. Bocard fit semblant de vouloir regagner son lit puis, au dernier moment, alors qu'il tournait le dos à l'infirmier, il pivota vers la droite, bascula vers l'avant et détendit la jambe d'un coup sec. L'*ushiro-geri* était impeccable, et l'homme s'effondra sur le plancher. Sans perdre une minute, Bocard le déshabilla, mit ses vêtements et sa blouse blanche. L'opération n'avait pas duré cinq minutes.

Il sortit sans hâte de la chambre et descendit le

couloir. Sur un banc traînait un numéro de *La Gazette*. Il s'en empara et, faisant mine de le lire, prit l'ascenseur pour le rez-de-chaussée. Très maître de lui, il traversa le hall d'entrée, saluant même d'un geste de la main le surveillant de garde. Il fit quelques pas dehors, constata avec plaisir que les clefs de contact étaient restées sur une des ambulances, monta dans le véhicule, vida le cendrier et démarra. À la sortie de l'hôpital, il mit la sirène et le gyrophare, ce qui lui permettrait de traverser rapidement la ville, de regagner son appartement, de s'y changer, de mettre une barbe postiche et des fausses lunettes et, surtout, de prendre ses armes. Il savait qu'il devait agir vite, car son domicile serait le premier endroit que visiterait la police quand son évasion serait découverte.

Ainsi donc, la vengeance serait possible. Le feu de Sodome et de Gomorrhe pourrait enfin descendre sur cette ville de fumeurs et de débauchés. Bocard abattrait d'abord le maire Berbérac, qui l'avait trahi. Puis il descendrait Gabacho, qui l'avait ridiculisé. Il mettrait le feu au "Bulgare", un soir de grande affluence. Il serait seul contre tous, comme dans les films américains. Mais il saurait se défendre. Il montrerait à ses collègues que seuls les policiers savent être de grands assassins, ceux dont l'histoire retient le nom. Le terme assassin convenait mal, du reste, puisque c'est Dieu qui le chargeait de cette noble mission de purification. Tous les pédés de la ville grilleraient, dans un superbe concert de hurlements efféminés, et lui resterait dehors, à quelques mètres de là, pour abattre une à une les tantouzes qui tenteraient de s'échapper du brasier. Les pompiers eux-mêmes n'auraient qu'à bien se tenir.

Après tout, c'était lui l'unique victime. Le préjudice qu'il avait subi était évident. Il n'avait fait que son métier, et les ordres venaient d'en haut, de très haut. Il éclata de rire. *Apocalypse now* !

*

Gabacho eut l'information au téléphone quelques minutes avant de rejoindre, en femme cette fois, "La Java Bleue" : la Clito appartenait, tout simplement, à Violette de Berbérac, la fille du maire ! Mais que diable venait-elle faire au "Béraud", ce lieu si lugubre où seuls quelques pochards à cataracte osaient encore pénétrer ? Qu'étaient donc ces rendez-vous mystérieux ? Sans doute le saurait-il bientôt, puisque celle-ci devait le revoir. Mais c'est alors que les choses commenceraient à se corser, car il était impensable de conduire Violette de Berbérac au poste. Meurtri par l'Opération Ballast, le maire ne supporterait pas une deuxième bavure.

*

Il arriva à "La Java Bleue" en même temps qu'Anne-Soleil et Loupette, laquelle venait enfin de quitter l'hôpital Lyautey. Marie-Suzanne annonça que le menu du soir serait de la saucisse aux choux, ce qui ravit Gabacho. Très agité à sa table, Parkinson montrait un article de presse où étaient dévoilés les sévices sexuels qu'avaient subis des appelés du contingent. L'adjudant-chef Pige-que-Couic le prit fort mal, et les deux hommes faillirent en venir aux mains. Ahmed réussit à les séparer et à les réconcilier avec une double rasade de gros rouge. Bouchemaine en profita pour donner à Pige-que-Couic l'origine indienne du mot *kaki*.

C'est alors que le téléphona sonna. "On demande un certain Gabacho", hurla Marie-Suzanne. Madame Dolbiac plongea le nez dans ses revues. Bouchemaine comprit aussitôt et prit le combiné. "M. Gabacho n'est pas là, mais je pense le voir un peu plus tard et je puis donc lui laisser un message".

- Ici le commissariat. Nous cherchons M. Gabacho depuis deux heures. Il faut lui dire que Bocard s'est évadé.

- Je le ferai, merci.

Bouchemaine raccrocha, s'assit à côté de Gabacho, prit un morceau de papier dans sa poche et écrivit le message pour le commissaire. Celui-ci ne put réprimer un juron, heureusement couvert par le martèlement d'un train de marchandises. Il se tourna vers le Professeur.

- Il faut que je rentre me changer. Bocard est fou. Il va mettre la ville à feu et à sang. Il est bas de plafond, mais c'est un champion de karaté et un tireur d'élite.

- Il est armé ?

- S'il est passé chez lui, oui. Je dirais même armé comme un commando de choc. Voilà vingt ans qu'il collectionne les armes à feu. Il couche avec. Tant pis pour la saucisse aux choux, il faut que je file. Si l'information est vraie, il faut déclencher le plan Orsec, car le ciel va nous tomber sur la tête.

14

"Allez, bande de voyous, à table pour la saucisse aux choux !". Un énorme plateau entre les mains, Marie-Suzanne s'arrêta derrière le zinc et contempla un instant ses habitués. Ils étaient là depuis une heure, comblant l'attente avec force lampées de "Grappe Dorée". Mais afin de fêter le retour de Loupette, Julie avait annoncé que, pour accompagner la saucisse, elle offrait un des meilleurs vins de la cave d'Ahmed : un excellent brouilly 1988, le cru des amoureux.

- Voilà, mes bichounets, ajouta Marie-Suzanne en plaçant le plat devant l'adjudant-chef Pige-que-Couic qui, depuis sa promotion, reprenait du poil de la bête et se plaçait d'autorité au centre de la table. Il arborait avec orgueil sa nouvelle barrette blanche rayée de rouge. Loupette avait pris place à côté d'Anne-Soleil et lui tenait la main. Leur éclatant bonheur consolait de tant d'histoires d'amours qui s'en étaient allées en eau de boudin. Bouchemaine se trouvait à la gauche. Blaustrumpf était assis en face auprès de Parkinson et du Crocodile.

- Professeur Pouchemaine...

En bon linguiste, Bouchemaine avait déjà noté que la Martiniquaise était parfois fâchée avec la phonétique. Confondant les occlusives labiales, elle prononçait volontiers *barkinson*, *babillon* ou *butain*, ou au contraire *panane*, *paraka* ou *poudin*. Certaines consonnes finales passaient à la trappe. Un *bus* devenait *bu* et un *sac* un *sa*. Mais son débit était si joliment coloré que cela ne perturbait en rien le plaisir qu'on prenait à l'écouter.

- Professeur Pouchemaine, j'aimerais vous demander l'origine du mot *java*.

Bouchemaine se rengorgea. Rien ne lui plaisait plus que donner des conférences sur l'histoire des mots.

- Comme vous le savez, répondit-il, Java est une sorte de paradis. Une île d'Indonésie, célèbre par ses volcans d'où, j'imagine, la connotation avec le feu, le plaisir et la passion. C'est, d'ailleurs, à Java que vécut notre lointain et viril ancêtre, l'Homo Erectus. À la Belle Epoque, il y avait à Paris, dans le quartier du Temple, un bal musette qui s'appelait "La Java". Comme tous les voyous de première classe allaient y sabler le champagne, on associa le mot *java* à l'idée de faire la fête, la foire ou la bamboula. Dans le même temps, il y avait une danse très saccadée, que l'on appelait aussi la java ou la javanaise. Mais, à mon humble avis, l'utilisation du mot *java* doit aussi être reliée à celle du terme *javanais* qui, sous le Second Empire...

Un train de marchandises couvrit la fin de son explication. Parkinson en profita pour placer ses billes.

- La ville s'enfonce dans le fascisme assassin, gémit-il. Si ça continue, on ne pourra plus baiser qu'au coup de sifflet des militaires. L'autre soir, dans le quartier de la gare, on se serait cru au Chili sous Pinochet. Les porteurs d'uniformes ont toujours été contre les plaisirs de la vie. Eh bien, moi, je suis pour les homosexuels, car ces gens-là, justement, détestent les uniformes. Et quand je pense que les partis de gauche et les syndicats restent muets, je crois rêver...

- Mais c'est contre nature, maugréa l'adjudant-chef. Dans l'armée, au moins, ces choses-là, ça n'existe pas. Les militaires aiment les femmes ! Ils sont normaux, eux.

Un éclat de rire général, dont le sens profond lui échappa, ponctua ses dires. Bouchemaine profita du moment de silence qui suivit pour relancer ses cours d'étymologie.

- N'empêche, reprit-il, que le mot *morpion* est lié à l'armée. Il vient du verbe *mordre* et de *pion* qui, à l'époque de la Renaissance, voulait dire un fantassin. À rapprocher du sanskrit *pâd*, de l'ancien français *péon* qui a donné *piéton*. Notez aussi que...

- Personne n'aurait un briquet pour allumer ma pipe ? interrompit Le Crocodile.

Le Poisson était plongée dans la lecture de *Feux d'artifice à Zanzibar* de Pierre Benoit. En face d'elle, tirant la langue, un crayon rouge à la main, La Touille essayait de se concentrer sur ses cours d'élocution par correspondance.

- Tiens, constata l'adjudant-chef, la bouteille de brouilly est déjà vide. Je ne sais pas ce qui se passe. C'est comme au mess, toutes les bouteilles sont poreuses.

*

Dans le taxi qui le ramenait vers son bureau - Gabacho détestait conduire -, le commissaire poursuivait la lecture du listing informatique des propriétaires de Mitsubishi. Soudain, il s'arrêta sur un nom, qu'il souligna au marker jaune : *Isabelle Bouchemaine, place de la Mairie*. L'engin avait été acheté deux ans auparavant.

- Curieux, curieux, songea-t-il. Il faudrait que j'en sache un peu plus sur cette femme.

Au commissariat, une nouvelle information l'attendait : Laurence d'Amberval avait quitté le territoire le 19 janvier par le vol d'Air-France pour Moscou. Mais sans doute avait-elle là-bas acheté un autre billet. Gabacho poussa un soupir de déception. La piste Laurence s'arrêtait donc là. Essayer de retrouver sa trace en Russie serait a priori impossible, alors que si, par chance, elle s'était envolée pour Londres, Rome, Berlin ou Amsterdam, une rapide enquête aurait permis à Gabacho d'aller plus loin. Il classa la feuille dans le dossier jaune qu'il avait ouvert pour elle sous le numéro 6268.

- Le dossier est clos, pensa-t-il. Je n'en parlerai même pas à Bouchemaine, cela lui ferait de la peine. Mieux vaut le laisser rêver et espérer quelque temps encore. Dans quelques mois, peut-être...

*

Chauffé à blanc par les médicaments que Blaustrumpf lui avait administrés, Léon Bocard décida de narguer les notables qui avaient contribué à sa chute. Il s'installa au "Westminster", face à la mairie. Il avait garé sa R 25 dans un parking souterrain, à proximité, mais elle ne risquait pas d'être repérée, car c'est toujours dans sa vieille 2 CV pourrie qu'il se rendait au commissariat. Très peu de gens, à l'exception de son assureur et de son garagiste, savaient qu'il possédait une deuxième voiture. Dans le coffre, il avait glissé un gilet pare-balles, une Kalachnikov AKM, que lui-même avait sans aucun problème ramenée d'Europe centrale, quelques mois auparavant, où il l'avait achetée pour une bouchée de pain. Il y avait aussi un pistolet mitrailleur Uzi, un fusil d'assaut Famas 5,56 capable de tirer mille coups à la minute, un fusil mitrailleur AA 52, une quarantaine de grenades offensives, cinq revolvers, de la nitroglycérine et, bien entendu, assez de munitions pour résister à un siège. Il ne portait sur lui qu'un modeste revolver, mais il le pratiquait tous les jours et faisait mouche à tout coup.

Une femme à combinaison de cuir noir s'était assise à la table contiguë. Très grande, brune, les yeux verts. Léon Bocard la détailla d'un œil neutre. Il nota que la fermeture-éclair de son blouson était largement descendue. Sans être le moins du monde un spécialiste de l'anatomie féminine, il en conclut qu'elle ne portait pas de soutien-gorge. A l'évidence, la femme l'observait. Faisait-elle partie des Renseignements Généraux ? Peu probable. Était-elle une des nombreuses indicatrices de Gabacho ? Possible mais, de toute façon, elle ne pouvait reconnaître Bocard sous sa barbe postiche et ses fausses lunettes. Il se saisit de son gin et salua discrètement l'inconnue en levant son verre.

Or, Bocard ne s'était jamais intéressé aux femmes. Le sexe, comme il disait, n'était pas sa tasse de thé. Sa seule passion était les explosifs et les armes à feu. Il savait par ses collègues que les femmes, quel que soit leur statut, coûtent plus cher que des lance-roquettes ou des missiles antichar. Son médiocre salaire ne lui permettait donc pas de s'intéresser à la fois au sexe et aux grenades à fragmentation. Les jouissances que lui procuraient les armes étaient d'une essence infiniment supérieure à celles, fort banales et répétitives, que les femmes auraient pu lui offrir. Mais ce soir-là, Bocard se trouvait en verve. Il avait envie de faire partager sa haine contre la société bourgeoise, et c'est sans irritation qu'il vit que la belle étrangère était venue s'asseoir près de lui. Entre-temps, elle avait encore descendu sa fermeture-éclair de quelques millimètres.

- Bonsoir. Vous êtes de passage, monsieur... monsieur...

- Bocard. Non, non, je connais très bien cette ville pourrie.

- Je m'appelle Isabelle.

- Enchanté.

- Vous êtes dans les affaires ?

Bocard hésita un court instant.

- Oui, je suis courtier en armes.

Le visage d'Isabelle Bouchemaine s'éclaira.

- Toutes les armes ?

- Non, pas les canons, les missiles ou les Exocets. Mais, pour le reste, oui, je suis vraiment un spécialiste. Du bazooka à la Kalachnikov, en passant par le lance-flammes, la grenade et les fusils à lunettes. Je peux toutes les démonter et les remonter les yeux fermés.

- Vous devez voyager beaucoup ?

- Non, vous savez, maintenant tout se traite par fax et ordinateur.

- Vous vous y connaissez en fusil infrarouge ? Voyez, c'est une coïncidence, moi aussi je suis passionnée d'armes et de sports martiaux. Tenez, je vais tout vous dire: je suis même professeur d'aïkido, 8e dan.

- Curieuse coïncidence. Je suis champion de karaté, 9e dan. Eh bien, à nous deux, nous ferions une sacrée équipe !

Du coup, Bocard commanda deux nouveaux gins. La femme en profita pour avaler trois pilules.

- Vous en voulez ? Ce sont des remontants.

- Des remontants ? Ça peut toujours servir. Je ne dis pas non.

Il avala deux comprimés et poursuivit sa conversation. Pour une fois, la scoumoune semblait l'avoir abandonné, et la baraka était au rendez-vous. Voici qu'il rencontrait une femme intelligente, peu farouche à l'évidence, capable de parler avec lui d'armes et sports martiaux.

- Que vouliez-vous me dire, tout à l'heure, sur ce que vous appelez les fusils infrarouge ?

- J'en ai un, figurez-vous. Un cadeau d'anniversaire. Mais je ne sais pas comment l'utiliser. Il faudrait que je prenne des cours.

Bocard éclata de rire. Décidément, tout allait à merveille depuis qu'il avait quitté cet hôpital où il n'avait pas sa place.

- Alors, vous ne pouvez trouver meilleur professeur. En une heure, je puis tout vous expliquer. J'imagine que vous faites allusion au FR F1. Une arme superbe. Elle porte à six cents mètres et possède un intensificateur de lumière. L'ennui, c'est qu'il faut porter une batterie en bandoulière...

La conversation se poursuivit. D'autres gins permirent de comparer les avantages de l'aïkido et du karaté.

- Avec le karaté, expliqua Bocard qui commençait à bégayer, tous les coups sont mortels.

- Il y a des coups mortels dans le bas-ventre ? Je veux

dire des coups pour tuer les hommes qui vous ont largué ?

- Évidemment. Le *kin-geri* ou l'*ushiro-geri*, par exemple. Ce sont même les plus faciles et les plus agréables. Un seul coup de pied, et pof ! les valseuses sautent en l'air ! Splash ! Une giclée de sang à cinquante mètres !

- Encore un petit remontant ? dit-elle en lui posant la main sur la cuisse.

- Volontiers, je me sens de mieux en mieux.

Il avala deux autres comprimés. Curieusement, il n'avait jamais autant parlé avec une femme. Toutes les couleurs autour de lui paraissaient soudain plus intenses. Pour la première fois de sa vie - il avait quarante-deux ans comme elle -, il ressentait un désir naissant dans une zone qu'il croyait définitivement rouillée, celle-là même où les doigts d'Isabelle venaient d'atterrir.

Ils furent les derniers clients à quitter le "Westminster". Bocard ne se fit pas prier quand Isabelle l'invita à monter chez elle. Lorsqu'ils furent arrivés dans l'appartement, la femme alla ouvrir la grande baie vitrée qui donnait sur la place de l'hôtel de ville.

- Vous voyez les lumières dans le bâtiment d'en face. C'est le bureau du maire, Jean-François de Berbérac.

De la fenêtre au divan, il n'y avait qu'un pas. Isabelle était déjà nue. À quarante-deux ans, Bocard s'apprêtait à perdre sa virginité.

*

Alors que le douzième coup de minuit sonnait au beffroi de la mairie, le commissaire Gabacho réussissait à convaincre le préfet de déclencher le Plan Rouge. Certes, il ne s'agissait pas d'une catastrophe naturelle, mais celle-ci pourtant était une hypothèse qu'ils ne pouvaient écarter. Génie des explosifs, Bocard pouvait faire sauter la proche centrale nucléaire ou détruire le barrage qui, à vingt kilomètres de là, surplombait le bassin où la cité s'était installée au fil des siècles. Or, Gabacho savait maintenant que Bocard était passé chez lui et y avait, sans aucun doute, pris un stock suffisant d'armes et de munitions. Curieusement, il avait laissé sa vieille 2 CV, ce qui impliquait qu'il s'était emparé d'une voiture plus puissante. Gabacho donna ordre à ses hommes de lui signaler tous les vols de voiture.

Aux premières lueurs de l'aube, tandis que le crachin reprenait de plus belle, deux compagnies de gendarmes mobiles et trois compagnies de CRS faisaient route vers la ville. Les tireurs d'élite du GIGN devaient arriver par hélicoptère dans la matinée. L'armée avait également été priée de prêter main forte. Des auto-mitrailleuses avaient déjà pris place autour de la centrale nucléaire et à proximité du barrage hydroélectrique. Épuisé, Gabacho tomba sur son lit à 7 heures du matin.

À la même heure, tendrement enlacés, amants tragiques réunis dans la même haine des hommes,

Isabelle Bouchemaine et Léon Bocard déclinaient dans leurs rêves peuplés de couleurs psychédéliques les hauts faits d'armes qui, dans les livres d'histoire, signeraient bientôt leur bref passage sur la terre.

15

Gabacho eut une agréable surprise quand il se rendit dans sa salle de bains. Pour la première fois depuis une semaine, tous les points noirs avaient disparu. Le safari des morpions était terminé, et le policier pourrait désormais consacrer son énergie à l'extermination d'un être vivant autrement dangereux : son adjoint Bocard, dont les dards ne manqueraient pas de cracher un feu mortel.

Il avait prié Blaustrumpf, par téléphone, de venir prendre l'apéritif, car il comptait le recruter comme conseiller dans le difficile assaut que les forces de l'ordre s'apprêtaient à lancer contre un de leurs anciens collègues. Gabacho était féru de psychologie, mais le domaine de la psychiatrie lui était étranger. Il convenait donc de s'y aventurer avec prudence, en présence d'un guide. Blaustrumpf jouerait ce rôle.

Comme prévu, le psychiatre arriva à 11 heures. Gabacho lui demanda ce qu'il voulait boire.

- J'ai terminé mes consultations de givrés à 3 heures du matin. Je viens donc de me lever. Une bière me suffira pour le petit déjeuner. Une "Leffe", si vous avez...

Gabacho se contenta d'un grand verre de gin. Il savait que la journée risquait d'être longue et difficile.

- Pour réussir à neutraliser Bocard, j'ai besoin, docteur, que vous me fassiez un portrait psychiatrique aussi précis que possible. Cela me permettra de mieux comprendre Bocard et, par conséquent, de prévoir ses réactions meurtrières.

Blaustrumpf se recueillit un instant.

- J'ai examiné le malade hier. J'y ai réfléchi cette nuit. À mon avis, notre patient souffre d'une névrose atypique, à mi-chemin de la bouffée délirante et de la confusion mentale. Ce qui n'a rien de surprenant. Notre homme est un Scorpion. Il est donc pénétré à la fois du caractère exceptionnel de son intelligence et d'une ambition démesurée.

- Il peut donc être dangereux ?

- Les Scorpions sont des destructeurs, mais des destructeurs ambivalents. Regardez mon ami Mitterrand. Un des buts de sa vie est la destruction de cette société bourgeoise dont il est issu. Persuadé de son intelligence, en l'occurrence exceptionnelle, il s'est donné tous les moyens pour devenir président de la République.

- Nous n'en sommes pas là avec Bocard.

- Assurément, mais la structure est la même. Retenez cela, Gabacho, *la structure* ! Les mêmes causes donnent toujours les mêmes effets. Les mêmes signes du zodiaque donnent toujours les mêmes névroses. Une Vierge est toujours un maniaque, au sens le plus banal du terme. Un Gémeaux est toujours un mystificateur : il conçoit sa vie comme un roman dont il est, bien sûr, le héros ou l'héroïne. Un Verseau est toujours un dissident. Il y a chez notre Scorpion Bocard des bouffées, tout à fait classiques, de délire d'ambition. Il se prend pour un justicier, peut-être même la réincarnation de Jack l'Éventreur ou du docteur Petiot. Ses humeurs oscillent en permanence. Tantôt, il se croit pénétré d'une mission divine : exterminer les pécheurs, par exemple. Tantôt, il veut laver dans le sang le pouvoir maléfique que certains hommes exercent sur lui. À noter la recrudescence de ces troubles pendant la nuit, et surtout les nuits de pleine lune, la rousse en particulier. Ses idées fixes deviennent alors franchement obsessionnelles.

Gabacho alluma une cigarette. Il s'aperçut que sa main tremblait.

- Et qu'est-ce qu'il va faire ?

C'était le genre de question que Blaustrumpf n'aimait pas.

- Difficile à dire... À mon avis, il va chercher à se venger de ceux qui, pense-t-il, lui ont fait du mal. Une logique de dément, bien entendu. D'après ce que vous m'avez dit ce matin au téléphone, il en veut au ministre de l'Intérieur, au préfet, à l'archevêque, au maire et à vous, monsieur le commissaire. Je doute qu'il prenne le train pour aller à Paris assassiner un ministre qui, de toute façon, ne l'est déjà plus. L'archevêque, me disiez-vous, est à Rome pour une garden-party. Par nature, le préfet est relativement bien protégé, encore que Bocard puisse imaginer une mission-suicide. Tout à fait dans son tempérament de Scorpion qui distribue des verges pour se faire fouetter. Il reste donc deux cibles potentielles prioritaires : le maire et vous-même.

- Il n'osera pas me tuer. J'ai été son patron pendant dix ans.

- Détrompez-vous. Nous avons affaire au même phénomène que dans la dégradation amoureuse. Dans un premier temps, voyez Stendhal, l'être aimé est paré de toutes les vertus. Il est l'homme ou la femme de votre vie. Puis, dans la phase ultime, quasiment inévitable, ce même être aimé devient l'objet privilégié du mépris et de la haine. Du jour au lendemain, il se métamorphose en salaud ou en salope.

- Vous prêchez un converti, dit Gabacho. Mon ex-femme me prend pour Hitler... En attendant, je vais faire boucler tout le quartier de l'hôtel de ville et donner une protection rapprochée au maire, en lui conseillant de ne quitter les bâtiments sous aucun prétexte.

- J'aimerais tout de même ajouter, commissaire, que le diagnostic dépend beaucoup de l'infrastructure mentale du sujet. Je ne l'ai pas interrogé longtemps, mais l'intelligence de votre Bocard m'a paru fort médiocre.

- Bocard est un abruti. Il ne s'intéresse qu'aux armes et aux explosifs. À mon avis, il n'y a jamais eu de femme dans sa vie. Il boit de l'eau. Et, qui plus est, il ne fume pas.

Blaustrumpf se prit la tête dans les mains.

- Aïe, aïe, aïe, c'est bien ce que je pressentais. Le détail est capital. Les asexués, les buveurs d'eau et les non-fumeurs sont les plus dangereux. Tout leur potentiel énergétique est tourné vers le mal. Il faut toujours se méfier des gens qui ne baisent pas, ne boivent pas et ne fument pas. Ils remplacent le plaisir par la destruction. Surtout les Scorpions, évidemment, puisqu'ils ne cherchent qu'à nuire, à la différence du Gémeaux qui, lui, se détruit après avoir détruit les autres. Voyez Marilyn Monroe ! Cela dit, cette intelligence proche de zéro est pour vous un avantage majeur : Bocard va commettre des erreurs. Il se croira plus malin que les autres. Il ne deviendrait suprêmement dangereux que s'il avait à ses côtés un complice intelligent.

- C'est un solitaire. Il n'a aucun ami.

- Vous me rassurez. Il devrait donc être facile de le localiser. Serait-il descendu dans un hôtel ?

- Nous les avons tous visités. Pas de trace de Bocard. Mais il connaît très bien la ville et a pu trouver une planque, sans doute dans la mini-ZUP ouvrière, où il risque moins d'être reconnu.

- Tant que j'y suis, et ceci entre nous, vous soignez actuellement le Professeur Bouchemaine. Est-ce qu'il vous a parlé de sa femme ?

- Compte tenu du secret médical, ne comptez pas sur moi pour vous dire que Bouchemaine ne parle pratiquement pas de sa femme. Réflexe très masculin, d'ailleurs. Non, ce qui l'intéresse, c'est son amie Laurence, celle qui l'a largué sans tambours ni trompettes. À l'heure qu'il est, elle doit naviguer à 20 000 lieues sous les mers, en dévorant des yeux quelque Némo d'opérette. La seule fois où il m'ait parlé d'Isabelle, c'était pour me dire qu'il l'avait beaucoup aimée. Une très belle femme, apparemment. Une intelligence supérieure. Un volcan en éruption. De la lave en fusion. D'après ce que j'ai cru comprendre, Bouchemaine était incapable de la satisfaire sur le plan sexuel. Elle lui reprochait d'être impuissant. Or, cette accusation, qu'aucun homme n'a jamais pu supporter, déclenche les pires tragédies. Les femmes, qui pourtant visent toujours au-dessous de la ceinture, sont d'une ignorance crasse dans le domaine de l'anatomie masculine. Elles pensent que les hommes bandent à volonté, au coup de sifflet... Voilà, je n'en sais pas plus. D'ailleurs, je ne vous ai rien dit. Sur Laurence, au contraire, je pourrais...

- Non, vous me parlerez de Laurence une autre fois... En tout cas, merci pour ces précieuses informations. Je dois filer au commissariat. Dès que nous localisons Bocard, je fais de nouveau appel à vous.

- Je suis facile à toucher. À mon cabinet de 23 heures à 3 heures du matin. À mon domicile ensuite. Puis à "La Java Bleue" pour le dîner et au "Bulgare" enfin, pour le coup d'œil.

- Je vous retrouverai chez Marie-Suzanne, si du moins nous en sommes toujours au point mort ce soir. J'ai beaucoup regretté de ne pas être là hier pour la saucisse aux choux.

*

La colère de Parkinson montait au fil des minutes. À tous les carrefours, il y avait des policiers. Devant les bâtiments publics, plusieurs militaires armés montaient la garde. Des jeeps sillonnaient la ville. Un cordon de police interdit à Parkinson l'entrée place de la mairie. Un mariage venait d'y être retardé. Seul, aurait lieu, le soir même, en raison des invités prestigieux venus par les avions du GLAM de toute la France, la remise de la grand-croix de la Légion d'honneur au maire de la ville, M. de Berbérac. On attendait trois ministres et une vingtaine de députés. Un télégramme de félicitations du Grand Maître de l'Ordre, le président de la République en personne, était arrivé le matin même.

- Ainsi donc, c'est cela, pensa Parkinson. Parce qu'un abruti reçoit la décoration créée lors d'un bain de sang, voici qu'on confie la gestion de la ville aux poulets, aux troufions et aux gradés. Pendant ce temps-là, les honnêtes gens comme lui ne pouvaient même plus se rendre à la mairie pour y obtenir un certificat de naissance. Son livre, "Lettre ouverte aux porteurs d'uniformes", décidément, tomberait à pic. La France s'enfonçait dans une basse servilité envers tous ces parasites en uniforme.

*

Léon Bocard et Isabelle Bouchemaine avaient passé une partie de l'après-midi à faire l'amour. La femme ne s'était absentée que pour acheter une baguette moulée, des cigarettes et *La Gazette* du jour. Fébrilement, Bocard en avait tourné les pages. Pas un entrefilet ne lui était consacré. Ainsi donc, on le prenait pour un moins que rien. Eh bien, il leur montrerait ce dont il était capable ! Demain, il serait sur toutes les chaînes de télévision.

Au fil des heures, Isabelle et Bocard s'étaient confessés l'un à l'autre. Bocard savait désormais que Bouchemaine s'était débarrassé d'Isabelle pour aller vivre avec trois putes, dont une Noire (or, par une heureuse coïncidence, il se trouvait que Bocard détestait les Noirs). De son côté, Isabelle n'ignorait plus rien du préjudice moral subi par le policier. Tout naturellement, ils avaient décidé d'unir leurs destins dans la lutte contre les imposteurs. Ils feraient d'une pierre deux coups (trois même, peut-être). L'acte 1, un jeu d'enfant, consisterait à éliminer Berbérac, le soir même, lors de son intronisation comme grand-croix de la Légion d'Honneur. L'acte 2, un peu plus tard, permettrait d'abattre Bouchemaine, l'obsédé du goupillon, et ses trois pouffiasses. Puis, lors de l'acte 3, ils iraient mettre le feu au "Bulgare", d'où monterait bientôt l'âcre odeur des roupettes en barbecue. Si les dieux étaient avec eux, ils auraient même le temps, en guise d'apothéose, d'aller mettre le feu au parlement, d'une giclée de lance-flammes. Avec la R 25 et la Mitsubishi, Bocard et Isabelle disposeraient de deux moyens logistiques d'intervention rapide, car la moto leur permettrait de rouler en sens interdit sur les trottoirs et de prendre les policiers à contre-courant.

Bocard sauta de joie quand il découvrit, dans *La Gazette*, la liste des personnalités attendues. À croire que tous ces gens n'avaient rien d'autre à faire que de se traîner, aux frais de l'État, d'un cocktail à un dîner en ville. Du coup, le fusil d'assaut permettrait non seulement d'abattre la maire de la ville mais aussi un nombre important de pique-assiette à nœud papillon.

*

En allant au bureau de tabac prendre son billet hebdomadaire de loto, Marie-Suzanne fut elle-même frappée par le nombre important de voitures de police, de camions militaires et d'ambulances du SAMU qu'elle rencontrait. Cela l'irrita, car elle craignait pour son gigot d'agneau. Si ce cirque continuait longtemps, certains de ses clients seraient tentés de rester chez eux. Cette stupide démonstration de force indiquait sans doute le passage de quelque parasite exonéré d'impôt. Or, quand cela se produisait, l'artère principale, à hauteur du pont, était coupée pour faciliter le passage des soldats venus de la caserne toute proche, celle où officiait l'adjudant-chef Pige-que-Couic. "Tous des voyous", maugréa-t-elle, "et si ça continue, je vais me mettre à penser comme Parkinson".

Celui-ci, justement, arrivait à "La Java Bleue" pour son apéritif de 15 heures. Il fulminait.

- Je viens de téléphoner au *Monde libertaire*, hurla-t-il pour couvrir le passage du TER Kerlivit-Verdun. J'en ai ma claque de vivre dans une ville en état de siège.

Marie-Suzanne lui flatta la croupe.

- Eh oui, ma biche, la galère, c'est la galère ! Mais tous ces branquignols ne font que passer. L'important, c'est le gigot de ce soir.

- En tout cas, Marie-Suzanne, surtout pas de poulet cette semaine. Il y en a assez dans les rues de cette putain de ville de merde à la con. Vivement ce soir qu'on soit entre nous, entre gens du monde !

16

Blaustrumpf alluma un nouveau cigare. Assis devant lui, Bouchemaine venait de lui parler, une fois de plus, des échecs de sa vie amoureuse. Le malade se sentait mieux, mais à quoi devait-on le repli progressif de la dépression ? Aux médicaments, à la psychothérapie génético-zodiacale, à l'envol des jours ou, tout bêtement, à l'atmosphère et à la cuisine de "La Java Bleue" ? Dès que Bouchemaine songeait à Laurence, la souffrance se réveillait. La cicatrisation avait pourtant commencé. Déjà, il parlait de Laurence au passé. Il s'était remis à regarder les minijupes. Les crises de vomissement se faisaient plus rares, et depuis deux jours il ne se réveillait plus à 3 heures du matin.

- À vous écouter, Bouchemaine, j'en arrive à me demander si votre Laurence a existé...

- Évidemment, puisque je l'ai rencontrée presque tous les jours pendant six ans ! Et j'ai, d'ailleurs, plus de deux cents lettres d'elle.

- Ce n'est pas ce que j'ai voulu dire. La Laurence que

vous aimiez n'a existé que dans votre tête. Vous aimiez une construction de votre esprit, une chimère si vous préférez. Elle ne serait pas partie si elle avait été cette femme que vous m'avez décrite. Un peu de logique, s'il vous plaît. Quant à ces deux cents lettres, faites-en donc des cocottes en papier.

- Laurence représente tout ce que j'aime. L'intelligence. L'esprit. La culture. L'humour. Le sens critique. La fantaisie. La joie de vivre. La...

- Taratata ! Nous sommes en plein délire. Vous venez de me donner la liste des qualités que vous recherchez. Or, ces qualités, vous les avez projetées sur ce miroir qu'était pour vous Laurence. Celle qui est partie était la *vraie* Laurence, Laurence la bien-nommée, puisqu'à l'évidence elle n'aime que les eaux troubles.

- Et pourtant...

- Oh, je sais, ça n'est pas supportable de se dire qu'on a perdu son temps et qu'on s'est mis le doigt dans l'œil jusqu'aux amygdales. Seulement voilà, vous avez bêtement investi sur une seule personne - il faut *toujours* avoir tout en double, sinon en triple -, et, bien sûr, vous avez été payé en monnaie de singe. Croyez-moi, Bouchemaine, j'ai de la sympathie pour les militants communistes. Eux aussi découvrent aujourd'hui qu'ils ont été roulés dans la farine. Les Vierges comme vous, je le crains, n'ont pas les pieds sur terre. Comme les Gémeaux d'ailleurs, ils sont faits pour le rêve et la fiction. Leur domaine, c'est le jeu, le théâtre, le roman et le cinéma. Quand ces nombrilistes patentés se cognent à la réalité, ils se font des bleus à l'âme. Et à quoi assiste-t-on alors ? À une brutale inversion des valeurs. Ces amants du rêve deviennent soudain cyniques et négatifs. Mais le cynisme est de l'amour meurtri, et le négativisme de l'idéalisme déçu. Regardez Bocard ! Sa vie, c'était la loi, la police, la défense de la société. Pas finaud, c'est entendu, mais enfin c'était un honnête homme. Et voilà que ce jobard, du jour au lendemain, constate que les valeurs auxquelles il croyait étaient de la roupie de sansonnet et que les hommes qu'il servait avec fidélité lui ont fait des enfants dans le dos. Alors, vlan, tout bascule, et Bocard devient l'ennemi public numéro 1. Mais, dans ce cas comme dans le vôtre, Bouchemaine, c'est de la déception amoureuse... Ah, mon cher, soyez sur vos gardes. Je ne connais pas une femme qui ne jouisse et ne se flatte de la souffrance qu'elle inflige à celui qu'elle prétendait aimer. D'ailleurs, lorsqu'une femme vous lâche, c'est qu'elle pressent que vous allez enfin la larguer !... Allons, assez de prêchi-prêcha pour aujourd'hui. Oui, vous allez mieux, mais attention, il y aura des rechutes. Il vous faudra dix ans pour vous remettre d'une telle histoire d'amour ! Eh bien, nous nous retrouverons ce soir à "La Java Bleue". Rappelez-vous simplement ceci : *Laurence n'a jamais existé*. Vous serez guéri quand vous en serez persuadé, mais je sais que vous le pensez déjà au fond de vous-même. Reste à savoir combien de temps il vous faudra pour que vos tripes acceptent l'inacceptable.

- Mes tripes ne sont pas en cause, dit Bouchemaine. Dites-vous bien que je n'accepterai jamais. Jamais, entendez-vous, jamais !

*

L'ingénieur des Telecom avait fait diligence. Au cours des semaines précédentes, il y avait eu soixante-deux coups de téléphone pour les Pays-Bas. Dans cinquante-deux des cas, il s'agissait de communications à partir d'un hôtel ou d'un restaurant. Tous les numéros appelés étaient différents. Mais par douze fois, le même numéro d'Amsterdam avait été appelé à partir d'une cabine, avenue Félix-Faure, tout près de la voie ferrée. Il convenait maintenant de contacter à nouveau les collègues hollandais afin de savoir à quoi correspondait ce mystérieux numéro.

*

Anne-Soleil arrêta son 38-tonnes près du commissariat. Gabacho l'avait convoquée de toute urgence et avait réussi à la localiser à "La Java Bleue", où elle était allée prendre un demi en arrivant de Rungis. Désormais connue, elle pénétra dans le bureau du policier sans même frapper.

- Salut, commissaire !

- Ah, vous voilà ! Asseyez-vous, Anne-Soleil, ça ne sera pas long. J'ai besoin de votre aide 24 heures sur 24. Vous circulez beaucoup, et de plus je vous sais observatrice. Alors, c'est simple. J'aimerais que vous m'appeliez, quelle que soit l'heure, si vous apercevez une Mistsubishi ou une voiture hollandaise. Évidemment, il y aura neuf chances sur dix pour que ce ne soit pas ce que je cherche. Mais je ne veux rien laisser au hasard. Je suis comme les habitants de Ceylan, je crois essentiellement au hasard. *Serendipity*, dirait Bouchemaine.

- Pardon ?

- Peu importe, c'est de l'anglais.

- Tu sais, commissaire, des voitures hollandaises, je n'en vois pas très souvent. À part celle de l'autre jour, quand j'ai pris un curé en stop.

- Un curé en stop ? Quel curé ?

- Un étranger. Plutôt bel homme, ce qui de ma part est un compliment. Jeune, d'ailleurs. Ce qui m'a surprise, c'est qu'il était en soutane.

- Bon Dieu ! Pourquoi ne me l'avez-vous pas dit plus tôt ?

- Ça ne me paraissait pas digne d'intérêt. D'ailleurs, j'étais pressée de retrouver ma Loupette. Mais ça me revient : je l'ai déposé près de la gare. Un blond. Trente ans environ, avec une grosse valise noire.

Une cabine téléphonique avenue Félix-Faure. Un numéro d'Amsterdam. Une voiture accidentée. Vingt kilos d'ecstasy. Un bar d'où l'on voyait les trains. La fille du maire. Presque tous les morceaux du puzzle étaient là. L'étau se resserrait.

*

Isabelle Bouchemaine quitta le parking souterrain. Bocard lui avait donné les clefs de sa R 25, et elle avait pris dans le coffre le fusil mitrailleur AA 52 et les munitions nécessaires à l'accomplissement de l'acte 1. Les armes reposaient dans l'étui à violoncelle qu'elle portait à la main. Cache banale, certes, mais il était peu vraisemblable que les crétins qui bouclaient la place lui demandent de regarder son instrument de musique. Et, de fait, elle arbora son sourire le plus enjôleur quand elle se heurta au cordon de police. Seuls les riverains, lui expliqua-t-on, pouvaient aller au-delà. Elle montra sa carte d'identité, joua de la poitrine et put, sans difficulté, poursuivre sa route.

Quand elle pénétra dans l'appartement, Bocard dormait encore, allongé nu sur les couvertures. Gorgé de gin et d'ecstasy, épuisé par ses prestations érotiques, il avait demandé à Isabelle de le réveiller une heure avant la réception à l'hôtel de ville. La femme posa l'étui à violoncelle sur le plancher et contempla le corps de cet homme qu'elle ne connaissait même pas la veille. Cela l'irritait de devoir collaborer avec un être aussi stupide. Ses compétences sexuelles, d'ailleurs, étaient encore plus nulles que celles de son mari, ce qui était peu dire. Mais, faute de grives, on baise des merles. Pour assassiner son époux, ce n'est pas d'un Einstein ou d'un Casanova dont elle avait besoin, mais d'un spécialiste en armes à feu. Dans très peu de temps, elle verrait si Bocard lui avait menti.

*Les ordres de Gabacho étaient clairs. L'identité de tous les habitants de la place devrait être vérifiée. Les étages seraient systématiquement contrôlés, sans oublier les greniers et les caves. Par précaution, il demanda à vingt hommes du GIGN de prendre position à divers points stratégiques du centre-ville. Tout le parcours de l'aéroport à l'hôtel de ville serait bientôt interdit à la circulation, et les autorités dont la venue était annoncée jouiraient d'une triple protection rapprochée. Une demi-heure avant l'atterrissage du premier appareil du GLAM, des auto-mitrailleuses de l'armée prendraient position aux principaux carrefours.

Bocard dormait profondément quand la sonnette d'entrée retentit. Isabelle regarda par l'œilleton : c'était la police. "Un moment, j'arrive", cria-t-elle en se précipitant vers la salle de bain. Elle se déshabilla en cinq secondes, puis passa un minipeignoir japonais et un ministring. Elle se dépeigna d'un coup de brosse et s'aspergea de Mitsouko. Elle était très calme quand elle ouvrit la porte.

- Excusez-moi, messieurs, mais j'étais occupée... avec mon mari.

Par la porte entrouverte, les policiers aperçurent le corps nu de Bocard, tourné vers la fenêtre. Le Plan Rouge, après tout, comportait quelques bons moments. Ils eurent un air entendu.

- Ca n'est pas illégal, madame, rassurez-vous. À la place de votre mari... Bon, nous vérifions seulement les identités des occupants, à cause d'une réception importante ce soir à la mairie. Il y a un tueur en liberté.

- Un tueur ? Oh, mon Dieu !... Eh bien, je suis Isabelle Bouchemaine, et mon mari, que je préférerais ne pas réveiller, est haut fonctionnaire, Professeur à l'université.

Lentement, les hommes vérifièrent leur liste. Profitant du mauvais éclairage du couloir, ils s'y attardèrent quelques minutes de plus, ce qui leur permit d'admirer les superbes jambes d'Isabelle et son slip plus que discret. Un coup d'œil n'a jamais fait de mal à personne. Se rappelant que des policiers pouvaient être révoqués, ils cochèrent deux noms sur la liste, claquèrent à regret les talons puis montèrent à l'étage supérieur.

*

L'adjudant-chef Pige-que-Couic était aux anges. Pour une fois, il se préparait une opération qui allait "dans le bon sens". Une opération de grande envergure, à l'évidence, puisqu'elle réunissait enfin toutes les forces de l'ordre. Police. Gendarmerie. CRS. Armée. Il avait même reconnu, avec un frémissement d'émotion, les hommes du GIGN. Un hélicoptère survolait la ville. Après l'échec lamentable de l'Opération Ballast, les autorités avaient donc décidé de relever le défi. On assisterait sans doute ce soir à un superbe feu d'artifice. Une rafle générale, il n'en doutait pas, permettrait de boucler tous les marginaux, clochards, punks, rockers, pédés, Noirs et intellectuels de gauche. Non, certes, que l'adjudant-chef fût le moins du monde raciste : il aimait les Noirs quand ils étaient sous ses ordres, blancs de peur, en uniforme. Plusieurs de ses hommes, d'ailleurs, venaient de Guyane, des Caraïbes ou de La Réunion. Mais Pige-que-Couic pensait que les riches et subtiles valeurs de la civilisation occidentale - celles dont il était imprégné -, étaient en danger. Trop d'étrangers, trop de tolérance, trop de sexe. Il regrettait d'être en permission. Tout l'après-midi, il resta près de son téléphone dans l'espoir qu'il serait appelé à la caserne. Prudents, ses supérieurs n'en firent rien. Dégoûté, il décida d'aller plus tôt que d'habitude à "La Java Bleue", nœud de communication important. La veille, Marie-Suzanne avait annoncé qu'il y aurait un gigot d'agneau, le plat préféré de Pige-que-Couic. À cause des fayots.

*

Bocard était sous la douche. Il se sentait renaître. La soirée s'annonçait bien. Tout était prêt. Isabelle avait garé sa moto dans l'impasse Gaston-Doumergue, derrière l'immeuble. Dès qu'il aurait tiré dans le cheptel en pékin, tous deux fileraient par l'escalier et sortiraient par la porte de derrière. Isabelle, roulant en sens interdit sur le trottoir, le conduirait en moins de deux minutes dans le parking souterrain où il reprendrait sa voiture. Ils se retrouveraient ensuite à hauteur du "Bulgare". Tout était réglé comme du papier à musique.

Par la fenêtre, Isabelle suivait le ballet des voitures officielles. Une centaine de personnes avaient déjà pénétré dans la mairie, après de rigoureuses vérifications d'identité. Et, alors que le soir tombait, elle apercevait, à deux cents mètres de là, la foule grandissante des invités dans la salle d'honneur de l'hôtel de ville. Les lustres brillaient de tout leur éclat. Les lambris dorés scintillaient. On apercevait des hommes du GIGN sur les toits. Deux ambulances du SAMU étaient parquées près de la place.

Alors que les huit coups de 20 heures sonnaient au beffroi, un hélicoptère vint se poser au centre de la ville, dans un vacarme assourdissant. Douze hommes armés en sortirent et se déployèrent en éventail, la main sur la gâchette. La cérémonie allait commencer. Jean-François de Berbérac pénétra dans la salle d'honneur, sous le flash des photographes. Léon Bocard ouvrit la fenêtre. L'étui à violoncelle était ouvert à ses pieds. Le concert pouvait commencer.

17

Anne-Soleil arrivait à "La Java Bleue" au volant de son 38-tonnes quand un CRS lui intima l'ordre d'arrêter et de se ranger sur le bas-côté, devant le restaurant de Marie-Suzanne. L'homme lui expliqua qu'il était impossible d'aller au-delà du pont et que, selon toute vraisemblance, la circulation ne serait pas rétablie avant minuit. La camionneuse pesta. Elle avait rendez-vous avec Loupette et détestait la faire attendre.

Elle descendit de son véhicule en maugréant, fit un bras d'honneur au policier dès que celui-ci eut tourné le dos et entra à "La Java Bleue". Il était 20 h 20, mais de nombreux habitués étaient déjà arrivés, car c'était le jour du film porno sur Canal-Plus, et ce soir-là les repas étaient servis avec une heure d'avance, afin de permettre à chacun d'assister à ce programme culturel.

Anne-Soleil salua Parkinson, qui lui conseilla de lire *L'Insurgé* de Jules Vallès. L'adjudant-chef Pige-que-Couic boudait devant un marc de pomme. Le Crocodile venait d'entamer un nouveau paquet d'Amsterdamer et demanda à la Martiniquaise de lui prêter son briquet, qu'il s'empressa d'empocher pour sa collection. Plus anorexique que jamais, Le Poisson relisait *Le Martyre de l'obèse*, prix Goncourt 1922. La Chèvre buvait une bière rousse en vérifiant le dernier relevé de sa banque. Le discret triangle de jeans qui servait de mini-short à Julie avait encore rétréci au dernier lavage, ce qui permit à Anne-Soleil de mieux lui caresser les jambes du regard. Rachel, qui avait confié à un jeune éphèbe l'ouverture du "Bulgare", était plongé dans *La Vie du Rail*. Bouchemaine expliquait à La Touille l'étymologie du mot *catimini*, ce qui la fit grimacer. Marie-Suzanne officiait au zinc, où elle épluchait les gousses d'ail que Parkinson ne manquerait pas d'exiger. Ahmed alignait les bouteilles poreuses que les clients ne tarderaient pas à écluser. Terrassé par le sommeil, Fax alla se coucher sous le flipper, près de la petite table pour non-fumeurs (décret 92-478) surchargée de cendriers vides. Personne ne s'y asseyait jamais, car elle se trouvait à proximité immédiate des toilettes dont les parfums capiteux paraissaient moins écologiques que le tabac.

Saisissant le téléphone, Anne-Soleil appela Loupette et lui demanda de venir à pied. Elle irait à sa rencontre par l'avenue Félix-Faure. Il était d'autant moins question de rater le dîner à "La Java Bleue" que Marie-Suzanne, pour favoriser la convalescence de Loupette, servait ce soir-là un menu amélioré :

Lentilles froides à la sauce Pauline,
Moules aux oignons avec pain bis et motte de beurre,
Bavette saignante cuite dans les règles,
Touffe de cresson avec gousse d'ail,

Le tout serait arrosé d'un château-petrus fleurant bon le terroir. Seuls Rachel et Pige-que-Couic, qui souffraient de cholestérol, auraient droit à un menu plus viril:

Oeuf mayonnaise,
Saucisses de Franckfort Chantilly
Petit chou à la crème.

À l'accoutumée, Rachel se contenterait d'un lait ribot, tandis que l'adjudant-chef avait cassé sa tirelire pour s'offrir une des meilleures bouteilles de la cave: un obersturmführer 1942, abandonné par des humanistes allemands lors d'une des nombreuses visites de courtoisie qu'ils avaient faites, au début des années quarante, dans ce qui était alors "La Java Brune", un des plus discrets bordels de la ville.

La camionneuse retint deux couverts et s'enfonça dans l'obscurité naissante de l'avenue. Comme elle sortait du restaurant, elle croisa Michou qui, deux pots de peinture à la main, rentrait d'un chantier et venait rejoindre Julie. Anne-Soleil s'en voulut d'avoir oublié son imperméable et remonta le col de son blouson en jean. C'était le meilleur moment de la journée. Celui où elle vivait dans le bonheur de l'attente. Tout à l'heure, sans doute à hauteur du "Baraka", elle apercevrait dans le lointain la frêle silhouette de Loupette, la petite androgyne qui s'était installée dans sa vie depuis deux ans. Anne-Soleil, désormais, ne pouvait plus imaginer sa vie sans elle, sans son sourire, sans son petit nez en trompette, sans ses cheveux courts couleur des blés, sans le réconfort de ses caresses. Elle se sentait si heureuse que des larmes se mêlèrent aux grosses gouttes de pluie qui lui inondaient le visage.

*

Tel le colonel Nicholson claquant des talons sur le pont de la rivière Kwai, Marcel Gabacho arpentait la place de la mairie, son talkie-walkie à la main. S'il se passait quelque chose, il n'aurait rien à se reprocher. Ses hommes avaient vérifié l'identité des occupants de la place. Les tireurs d'élite du GIGN étaient embusqués sur les toits. Bocard n'avait a priori aucune chance de pénétrer dans le périmètre interdit. S'il tentait quelque chose, ce serait sans doute plus tard, lorsque le départ des invités pour l'aérodrome créerait une certaine confusion. Levant la tête pour vérifier l'heure au beffroi, Gabacho constata que c'était un soir de pleine lune. Il se souvint de la réflexion de Blaustrumpf. Les bouffées délirantes marquaient, chez les Scorpions, une très nette recrudescence les soirs de pleine lune.

*

À travers la couleur orangée de l'intensificateur de lumière, Bocard observait la réception. Il décida, par délicatesse, d'offrir au maire un ultime cadeau : il le laisserait recevoir sa grand-croix et savourer un court instant le nectar de la victoire. Il mourrait, certes, mais du moins mourrait-il décoré. Pour l'heure, les orateurs se succédaient au micro. Aucun cliché sans doute ne manquait à l'appel. Les amis du maire devaient souligner ses vertus, son sens civique, sa probité morale, ses qualités de père et d'époux, son courage exemplaire quand, pendant la guerre d'Algérie, il n'avait pas hésité, sous la mitraille du FLN, à aller chercher un camarade blessé lequel, il est vrai, lui devait une coquette somme d'argent. Bocard reconnut Madame Anne-Aymone de Berbérac qui, un sourire niais sur les lèvres amplement ripolinées, était la seule à ignorer que son admirable époux était le roi de la carambole. Près d'elle, vêtues d'une charmante jupette à pois, Violette et Pervenche de Berbérac, leurs jumelles, avaient un bouquet de roses à la main.

Il y avait là aussi le préfet, le chanoine-exorciste Bouillon, les présidents des deux universités, le colonel de gendarmerie, le ministre de l'Éducation nationale, le ministre de la Condition masculine, le secrétaire d'État à la Censure. Bocard reconnut aussi plusieurs sénateurs, dont certains avaient peine à émerger de leur torpeur sénile, ainsi que divers députés représentant presque toutes les familles politiques. Le maire avait côtoyé tous ces gens à Sciences Po, puis à l'ENA. Il les retrouvait au Jockey Club quand il montait à Paris avec un dossier urgent à régler au pied de la butte Montmartre. Leurs rivalités politiques n'étaient que de surface et ne les empêchaient pas, entre deux séances au parlement ou dans quelque ministère, de couler ensemble quelques heures agréables dans un sauna, dans le seul but d'être plus détendus - et dès lors plus efficaces -, dans leur touchante et inlassable défense du prolétariat.

Le ministre de la Condition masculine s'avança vers le micro et se plaça à la gauche du maire. Bocard respira profondément puis avala trois nouveaux remontants que lui avait tendus Isabelle. L'Heure H n'allait pas tarder. Il savait, par *La Gazette*, que c'était ce ministre qui allait remettre la grand-croix à

Berbérac. En bonne logique, il serait donc le dernier à s'exprimer. Derrière lui, l'ancien policier sentait la douce présence d'Isabelle. À l'évidence, elle le prenait pour un excellent étalon, mais il est vrai qu'elle avait vécu dix-neuf ans avec un universitaire. Or, les professeurs - c'est bien connu -, sont de beaux parleurs mais de piètres amants. À force de vivre dans les livres, ils perdent le sens des vraies réalités sexuelles. Bocard se réjouissait d'être resté vierge aussi longtemps. Il s'était, en quelque sorte, réservé pour Isabelle. Tandis que ses collègues se vautraient dans le stupre des plaisirs bestiaux, Bocard avait vécu, auprès de ses armes, une existence toute de rigidité et de pureté. Une pureté sans faille.

Il constata avec étonnement que la couleur orangée de la lunette à IL avait viré au vert, tandis que les lumières de la salle d'honneur prenaient un curieux aspect violacé. Il vit aussi que, bizarrement, le ministre de la Condition masculine s'était dédoublé. Sans doute avait-il un frère jumeau, comme Jacques Attali. Peu importait, d'ailleurs. La FR F1 lui permettrait d'expédier les deux hommes à la morgue. Il utiliserait ce fusil à lunette pour abattre le maire, puis se saisirait de son AA 52 pour tirer au jugé. Il n'aurait que quelques secondes à consacrer à tous ces porteurs de cravates. Passé l'effet de surprise, les hommes du GIGN réagiraient très rapidement et localiseraient, en moins d'une minute, la fenêtre de l'appartement. Bocard regretta de n'avoir pas pris son lance-flammes, trop encombrant il est vrai. Il aurait été plaisant d'expédier une giclée de feu en direction de l'hélicoptère. On ne peut, décidément, penser à tout.

Un des jumeaux avait fini de parler. Il prit un coffret dans une de ses poches et se tourna vers le maire. Or, celui-ci s'était aussi dédoublé. Bocard pesta. Il lui faudrait consulter un oculiste. C'étaient ses yeux qui lui jouaient un vilain tour. Mais peu importait, après tout. Puisqu'il y avait maintenant deux maires, il abattrait aussi le deuxième.

Le double ministre à la Condition masculine agrafa la double grand-croix sur la double poitrine du double maire. Bocard tira deux fois, mais les deux coups, très rapprochés, ne furent séparés par aucun silence. Bocard vit que les deux hommes s'étaient effondrés. Sans perdre une seule seconde, il s'empara du AA 52 et balaya d'une traînée de feu la salle de réception. Puis il plongea sur le plancher au moment où plusieurs rafales de mitraillette faisaient voler la fenêtre en éclats. Bocard avait saisi ses deux armes et rejoint Isabelle en rampant. L'instant d'après, ils dévalaient l'escalier. Il leur fallut moins de deux minutes pour sauter sur la Mitsubishi qui décolla littéralement de l'impasse Gaston-Doumergue et bondit dans la rue Saint-Saëns. On entendait le hurlement des sirènes, la virile chanson des armes à feu et la rumeur lointaine des cris. Les deux amants étaient déjà loin.

Bocard récupéra sa R 25 et ses armes puis fila par des rues secondaires en direction de la gare. Pendant ce temps, roulant à 120 à l'heure sur les trottoirs, la moto d'Isabelle traversait la ville. Elle déboula avenue Félix-Faure, au moment où Loupette se jetait dans les bras d'Anne-Soleil. Toute à son bonheur, la Martiniquaise enregistra cependant le passage de la Mitsubishi et nota que le conducteur tenait un fusil entre les bras. Elle se précipita vers une cabine téléphonique toute proche et appela le commissariat.

- Mon nom ne vous dira rien. Je suis une collaboratrice de Gabacho. J'ai une information très urgente pour lui. Je viens d'apercevoir la Mitsubishi qu'il recherche. Conduite par un homme armé. La moto est passée avenue Félix-Faure et se dirigeait vers le pont Jules-Verne. Oui, il y a quelques minutes... C'est très, très urgent. Si vous ne transmettez pas le message tout de suite, je vous fais sauter !

Ravie de sa conclusion, elle raccrocha. Elle reprit Loupette dans ses bras puis, se tenant la main, les deux femmes se mirent à courir vers "La Java Bleue". Une soirée d'amour et de chaleur humaine se préparait.

*

Fouetté par la peur d'être révoqué à son tour, le policier lança un appel d'urgence pour Gabacho. Il réussit à le localiser et lui passa le message. Le commissaire se contenta de répondre par un laconique "Bien reçu". Puis il se retourna vers l'hôtel de ville et contempla, une fois de plus, l'étendue du désastre. Le premier bilan, très provisoire, faisait état de dix-neuf morts et une quarantaine de blessés, dont le chanoine-exorciste, touché au cerveau, que l'on venait d'évacuer par hélicoptère. Parmi les victimes, il y avait le maire de la ville, atteint de deux balles en plein front, le ministre de la Condition masculine, touché dans la zone qui correspondait à ses fonctions, mais aussi plusieurs députés de gauche et sénateurs de droite. "Un vrai bain de sang", songea Gabacho, "cette fois, c'est moi qui vais sauter".

*

Bocard et Isabelle s'étaient retrouvés près du pont, en même temps qu'une longue chenille grise et jaune qui, se déhanchant sur les aiguillages, progressait vers la gare. Ils avaient aussitôt escaladé le remblai de façon à attaquer "La Java Bleue" avec suffisamment de recul. Mais, une fois arrivé sur le tablier du pont, Bocard poussa un cri de rage. Un lourd camion, un 38-tonnes, était garé devant le restaurant qui, du coup, était invisible. À moins de détruire d'abord le camion - ce qui était facile mais demanderait du temps -, il était maintenant impossible de tirer sur "La Java Bleue".

- Eh bien, dit-il, changement de programme ! Invitons-nous au restaurant.

Ils redescendirent. Bocard fit demi-tour et alla garer sa voiture contre l'arrière du 38-tonnes, tandis que Isabelle cachait sa moto derrière les lauriers du parking. Elle se sentait très heureuse. Ainsi donc, elle allait dans un instant revoir son cher Bouchemaine, l'homme de sa vie. Finalement, ce serait plus gratifiant de lui rappeler quelques vérités avant de l'expédier dans l'autre monde. Pour la bonne règle, elle lui demanderait aussi de lui remettre sa Carte Bleue et de lui signer un chèque en blanc. Elle aurait besoin d'argent pour s'installer à Zanzibar, Chichicastenango ou Bujuwangi. Elle éclata de rire. Les petits pois et les pruneaux ne manqueraient pas ce soir à "La Java Bleue". En même temps, elle s'aperçut qu'elle avait faim. L'ecstasy lui avait ouvert l'appétit. Elle prendrait le menu du jour, mais au dessert s'offrirait à bout portant une ultime gâterie : la paire de couilles inutiles de l'homme qu'elle avait aimé.

18

L'entrée de Bocard et d'Isabelle, pourtant armés de pied en cap, était passée totalement inaperçue. À "La Java Bleue", l'excentricité était la règle, et c'était le seul restaurant de la ville où l'on pouvait venir dîner torse nu ou en pagne. Julie ne s'en privait pas. L'ancien policier déposa ses armes sans être le moins du monde inquiété, puis il ressortit, à deux reprises, afin de récupérer dans son coffre les munitions, le lance-flammes et la Kalachnikov. "Des collectionneurs sans doute", pensa Le Crocodile, en glissant dans sa poche le briquet de Michou. Sous la table, Anne-Soleil flattait du pied la touffe de Loupette. Presbyte mais coquet, Rachel ne mettait presque jamais ses lunettes, et les deux arrivants n'étaient pour lui que des silhouettes noyées dans un flou artistique. Blaustrumpf, qui venait de rejoindre ses nouveaux amis, expliquait à Bouchemaine qu'il préparait une étude capitale sur "Être ou paraître: le thème du double chez les Gémeaux Orson Welles, Egon Schiele, Marilyn Monroe et Marguerite Youcenar". Tournant le dos à la porte, le professeur écrivait sur une nappe le nom de Loupette en hindi.

Bocard et Isabelle s'installèrent à la table non-fumeurs, la seule qui fût inoccupée. Au moment où ils allaient appeler la patronne, deux TGV se saluèrent du museau au centre du pont. Ils inauguraient deux nouvelles lignes: Collorec-Louviers, via Bécon-les-Granits, et Trégastel-Beaugency, via Châtellerault. Les habitués de "La Java Bleue" attendaient cet instant, qui montrait combien la SNCF savait se rapprocher de la France profonde. Un tonnerre d'applaudissements ponctua le passage historique des deux trains.

- Touffe ! Touffe ! Touffe ! s'exclama Pige-que-Couic en fixant Loupette dans les yeux. Son subtil sens de l'humour, très apprécié des caporaux-chefs de carrière, fit ici chou blanc.

Marie-Suzanne avait aperçu les nouveaux venus. Sans se presser, elle s'approcha de la table, et Bocard demanda le menu. La patronne s'en irrita. Que des trafiquants de grenades ou de missiles vinssent se restaurer chez elle l'honorait. Cela prouvait que la réputation de "La Java Bleue" était parvenue jusqu'aux confins du Proche-Orient. Pour autant, il n'était pas question d'admettre des exigences aussi extravagantes que la présentation d'un menu.

- Ici, dit-elle, il n'y a pas de menu. C'est moi qui en décide. Les clients doivent se contenter de ce qu'il y a. C'est 38 F 50 si vous prenez le hors-d'œuvre, vin non compris. Payable à la commande. Si vous voulez des menus en caractères gothiques, vous en trouverez place de la gare, mais ça vous coûtera cher en frais d'impression.

Bocard haïssait la société, mais il était honnête et, de plus, il avait faim. Ses giclées de l'hôtel de ville lui avaient ouvert l'appétit. Il sortit aussitôt un billet de deux cents francs de son portefeuille.

- Voilà pour deux couverts. Gardez la monnaie. Comme vin, je prendrai un bâtard-montrachet 1988.

- Pas de problème ! Ahmed, ma biche, un bâtard-montrachet 1988 pour la 7 !

Un court instant, une chanson de Léo Ferré réussit à percer la cacophonie.

> *Avec le temps, va, tout s'en va*
> *Et l'on se sent blanchi comme un cheval fourbu*

À l'autre bout du restaurant, Parkinson frisait l'apoplexie.

- Mon ail, Marie-Suzanne ! Mon ail ! Je ne peux pas manger des moules sans ail.

- Au fait, demandait Bouchemaine à Rachel, vous connaissez l'origine du mot *orchidée* ?

*

Les forces de l'ordre avaient bouclé le quartier du pont en quelques minutes. 500 CRS, 600 hommes de troupes, 122 policiers s'étaient déployés dans les rues adjacentes et le long de la voie ferrée. Placés sur le pont, les tireurs d'élite constataient, avec irritation, qu'un camion leur interdisait toute intervention. Le préfet - un Basque, comme Gabacho -, avait pris la direction des opérations. Il voulait frapper fort afin de venger dans le sang le carnage de l'hôtel de ville. Avec son accord, le commissaire était rentré chez lui se changer. Si les dieux étaient avec lui, il entrerait à "La Java Bleue". Sa métamorphose prit plus de temps que d'habitude. Simulant une grossesse nerveuse, il réussit à se fixer deux revolvers sur le ventre avec du sparadrap. Puis il téléphona à Marie-Suzanne pour réserver son couvert. La ligne était occupée.

Bocard, justement, appelait le commissariat. D'une voix étrangement calme, il annonça la prise d'otages et dicta ses conditions, comme il l'avait vu faire si souvent à la télévision. "J'exige trois millions de francs en petites coupures, un avion du GLAM pour nous conduire à Alexandrie, en Égypte. Tout doit être prêt pour demain matin, 10 heures. Si vous attaquez le restaurant, j'abats les otages, en commençant par les femmes. Celles-ci devront nous accompagner en Égypte pour éviter les entourloupettes".

- Bizarre, on parle de toi au téléphone, ma chérie, s'exclama Anne-Soleil en jetant un regard noir à Bocard. Le visage de cet homme lui disait quelque chose. Et soudain, elle le reconnut: c'était le policier qui l'avait déshabillée au poste, quelques jours auparavant.

*

Quand il apprit les exigences de Bocard, le préfet éclata de rire. "Il n'aura pas un centime ! D'ailleurs, les caisses de l'Etat sont vides". Un de ses adjoints lui signala que l'immeuble de "La Java Bleue", mal situé à l'angle d'un carrefour, était frappé d'alignement. Le préfet se frotta les mains. Eh bien, il ferait d'une pierre deux coups : il vengerait l'honneur de la France et atomiserait le quartier. Par prudence politique, cependant, il convenait d'attendre. Il serait utile de connaître le nombre et, surtout, l'identité des otages, et pour cela il fallait voir si Gabacho réussirait à pénétrer dans le restaurant. Certes, il était a priori improbable que des personnalités se fussent mêlées à la plèbe. Mais improbable ne voulait pas dire impossible. Lui-même aimait s'encanailler quand il montait seul à Paris. En attendant, cela ne coûterait rien de faire venir sur place un blindé AML équipé d'une lame de bulldozer et d'une mitrailleuse 12,7.

*

Gabacho pénétra dans "La Java Bleue", le dernier numéro de *Glamour* sous le bras. Son arrivée fut saluée par des acclamations. Bocard se leva aussitôt, saisit un de ses revolvers et se précipita vers son ancien supérieur hiérarchique.

- Désolé, madame, on n'accepte plus de clients. Allez, dehors, pas de discussion !

Mais Marie-Suzanne s'était interposée.

- Bas les pattes, jeune homme. Les voyous ici, c'est moi qui les choisis. Madame Dolbiac est une habituée. Si elle vous dérange, c'est vous qui sortez !

Bocard hésita un instant, puis fit marche arrière. Cela

faisait un otage de plus, après tout, et une femme enceinte de surcroît. Très bon pour les media. Pendant ce temps, Gabacho s'était installé à la gauche de Blaustrumpf. Il profita du passage d'un train de marchandises pour le mettre au courant de la situation.

- Il faudrait créer un choc psychologique, chuchota le psychiatre. Cela, et cela seul peut nous permettre de maîtriser un Scorpion.

- Je reviens, dit le policier. Il faut que je téléphone au préfet. Rassurez-vous, Bocard ne comprendra pas un mot !

*

"Dix-neuf, jubila le préfet, ils sont dix-neuf, c'est merveilleux ! Dix-neuf morts à l'hôtel de ville. Dix-neuf demain à "La Java Bleue", nous serons quittes ! Ce qui m'ennuie, c'est qu'il y ait quand même trois grosses légumes. Le psychiatre Blaustrumpf. Le docteur Guizot. Le Professeur Bouchemaine. Bocard a des tonnes d'armes avec lui. Nous sommes donc en état de légitime défense. Il faudrait, cependant, essayer de faire libérer Blaustrumpf, l'ami du président de la République. Et si Gabacho peut s'échapper, ma foi, tant mieux. Je n'ai rien contre les Basques. Les autres sont des traîne-patins. Aucune importance".

*

Pierre Bouchemaine se levait pour aller aux toilettes, et c'est alors qu'il aperçut Isabelle. Il resta cloué sur place. Sa femme était encore plus belle qu'aux premiers jours. Persuadé qu'il allait mourir, il vit défiler dans le désordre cent images de leur vie commune. Mai 1968 à la Sorbonne. Le voyage de noces à Nairobi. Un séjour à Bombay. Une mission à Damas. Des vacances à Boyardville. Et leur ultime week-end d'amour, à Beaugency. Il aurait mieux fait, ce jour-là, de se jeter dans la Loire, puisqu'il était, de toute façon, condamné à boire la tasse.

Isabelle s'était dressée, revolver au poing. Le silence se fit soudain dans la salle. Machinalement, Ahmed coupa la télévision. Sur le pont, des citernes maculées de taches d'huile brinquebalaient derrière de longues et bleues BB diesel 66400.

- Des Dieppoises, ne put s'empêcher de préciser Parkinson… Ah oui, alors, *La Modification* de Butor, c'est vraiment le roman du siècle !

- C'est ta dernière minute de vie, Bouchemaine.

- Eh là, hurla Blaustrumpf, un instant s'il vous plaît...

- Ta gueule, barbu, sinon je te déscotche les burettes au lance-flammes, coupa Bocard d'une voix tranchante.

Fax dormait, bercé par le roulement des trains.

Bouchemaine savait qu'Isabelle allait tirer. Il n'avait pas vécu pendant cinquante ans sans apprendre qu'un regard de haine est, chez une femme, un regard d'amour déçu. Tout se paye, après tout. Bouchemaine allait maintenant payer les années durant lesquelles il l'avait délaissée. Il y avait eu la thèse et les articles à écrire, les conférences à donner, les manuscrits à déchiffrer puis, hélas, Laurence à aimer. Sa mort serait un juste retour des choses. Puisqu'il avait répudié sa femme, puisqu'il avait déserté l'arène, puisqu'il lui avait volé sa vie, il était juste d'être exécuté. Demain, une fois de plus, *La Gazette* publierait sa nécrologie, avec, sans aucun doute, les coquilles habituelles. Il ne serait plus là pour les corriger.

Au moment où le coup de feu partit, l'adjudant-chef Pige-que-Couic avait bondi. Il plaqua Bouchemaine au sol et s'aperçut, dans l'instant, que c'est lui qui allait mourir. Il avait reçu la décharge en plein cœur. En plein cœur ? Pas tout à fait puisqu'il avait le sentiment de respirer encore. Avec fierté, il songea qu'il recevrait la Légion d'honneur à titre posthume. Mais, déjà, Julie lui montrait ses jambes et s'accroupissait près de lui.

- C'est le bras gauche qui a tout pris, fit-elle. Ça ne me paraît pas très grave, mais il serait plus sage d'appeler une ambulance.

Isabelle avait retrouvé son calme. Elle ne ressentait pas l'envie de tirer une nouvelle fois. Tout lui était égal à présent. Bouchemaine, après tout, pouvait courir la gueuse ou la minijupe. Sa souffrance avait disparu au moment où elle avait appuyé sur la queue de détente. Mais elle avait encore faim. Elle s'assit à la table et se pencha vers ses moules.

- L'étymologie de *moule* est intéressante, déclama Bouchemaine pour faire diversion. Rien à voir avec *tamoul*, encore que...

- Silence, le maboul ! hurla Bocard. Pas question d'ambulance ! Vous êtes tous mes otages. Si vous coopérez, il ne vous sera fait aucun mal.

- Alors, Marie-Suzanne, passe-moi de l'alcool de poire, je vais faire pour le mieux et nettoyer la plaie.

Parkinson soupira. Ces deux étrangers lui étaient sympathiques. Eux aussi, à l'évidence, détestaient la société bourgeoise et donc les porteurs d'uniforme. Il était dans la logique des choses que l'adjudant-chef eût été le premier blessé, encore que le geste héroïque de celui-ci méritât, somme toute, un grand coup de képi. Par la fenêtre, il aperçut le passage de wagons trémies regorgeant de ballast, remorqué par un couplage de BB 22300. "Des bicourant, évidemment", nota Parkinson, ce qui laissa tout le monde indifférent.

*

Vers minuit, Bocard ressentit la fatigue. Au bâtard-montrachet avait succédé la spécialité de la maison, le clos-de-bèze 1988. Il avait même accepté la rasade d'obersturmführer 1942 que lui offrit Pige-que-Couic. Peu rancunier, et du reste plus égratigné que blessé, celui-ci ressentait une sourde admiration pour ces hors-la-loi qui aimaient tant les armes. Il se réjouissait d'avoir été blessé. Désormais, les habitués de "La

Java Bleue" le respecteraient davantage, et ses chefs y réfléchiraient à deux fois avant de lui refuser une promotion.

De temps en temps, le téléphone sonnait. C'était l'expert psychologique du GIGN qui jouait la montre et abreuvait Bocard de promesses qui ne seraient jamais tenues. Le préfet était de mauvaise humeur. La présence massive des journalistes et des reporters de la télévision posait un réel problème. À peine remis des obsèques du chanteur Mike Raynward, il leur avait fallu sauter dans un train ou une Alfa-Roméo. Plusieurs d'entre eux étaient déjà installés aux divers étages de la HLM qui surplombait la voie. Des dizaines de téléobjectifs étaient prêts à entrer en action. Il faudrait donc jouer serré à cause de la presse, toujours prête à donner des leçons de morale dès qu'on estourbissait un malfrat. Pour justifier l'utilisation des armes lourdes, demain au chant du coq, il conviendrait donc de créer, de toute pièce, une provocation.

*

Trois heures du matin déjà. La plupart des habitués de "La Java Bleue", gorgés de vin, dormaient à même le sol. Assis sur une chaise, son lance-flammes entre les cuisses, Bocard avait peine à lutter contre le sommeil, malgré les nombreux remontants qu'Isabelle lui avait fait ingurgiter. Levant de temps à autre la tête vers le pont, il suivait le fantomatique ballet des trains. Il entrevit, venant de quelque ville engloutie des bords de Manche, un long convoi de wagons plats chargés de goémon ruisselant, humidifié par un régiment de cheminots porteurs de lances. Hébété, il crut aussi apercevoir, roulant dans le même sens, un étrange convoi de fret postal. Ses wagons étaient protégés d'une bâche de plexiglass, et Bocard imaginait que, sous cette frêle protection, des préposés se penchaient sur des enveloppes toutes gondolées, dont les timbres étaient à moitié décollés. Ils travaillaient près d'énormes radiateurs et sous les pales de gigantesques ventilateurs. Sous leurs doigts experts, curieusement colorés de rose et de vert, des adresses retournaient lentement à la normalité. Des agents trieurs, munis de fortes loupes, tentaient de reconstituer les adresses hiéroglyphiques de ces correspondances d'amour postées la veille de quelque puissant raz de marée.

Bocard secoua la tête. Tout cela n'était qu'hallucination. Il ne savait plus où se situait la frontière entre le rêve et la réalité. Ce qui était sûr, c'est que l'aube approchait. Demain midi, ils s'envoleraient vers l'Égypte, et la France, à son tour, deviendrait pour eux un pays englouti.

Vers 4 heures, le téléphone sonna. Méfiant, Bocard ne répondit pas mais brancha le haut parleur. Le message du préfet fut bref, mais seul Gabacho put le comprendre, car personne d'autre que lui ne connaissait le basque. La teneur en était simple : les autorités ne céderaient pas et donneraient l'assaut à 7 heures. Ordre était donné à Gabacho de sauver Blaustrumpf, en raison de ses liens d'amitié avec le président de la République.

Écœuré, Gabacho n'hésita plus. Puisque Blaustrumpf avait parlé d'électrochoc, il s'en chargerait lui-même.

Il pénétra dans les toilettes et entreprit de se démaquiller.

19

Isabelle Bouchemaine avait mal à la tête. Elle fouilla dans son sac et constata qu'elle avait épuisé son stock d'ecstasy. Elle s'apprêtait à en demander à la cantonade quand la porte des toilettes s'ouvrit. Elle écarquilla les yeux, se croyant victime d'une hallucination due à une overdose. Ce qui n'était pas étonnant, en somme : depuis le départ de son mari, elle carburait à l'ecstasy.

Bocard tourna la tête et crut, lui aussi, apercevoir un fantôme, sans doute descendu d'un de ces trains fous, recouverts d'algues et de goémons, qui ramenaient le courrier des villes englouties. Le fantôme avait la tête de Gabacho et le corps de Madame Dolbiac.

- Bocard, la comédie est terminée, constata Gabacho d'une voix très calme.

Bocard se figea.

- Oui, patron, elle est terminée.

- Posez votre lance-flammes.

- Oui, patron.

Gabacho plongea la main dans son soutien-gorge, mais le revolver -heureusement non chargé -, lui glissa entre les doigts et alla se lover dans son slip. L'impact fut violent, et le commissaire grimaça de douleur. Les armes, décidément, n'étaient pas son fort.

- Personne n'aurait de l'ecstasy ?

Isabelle suivait son idée. Non, hélas, personne n'avait d'ecstasy. Mais Julie lui proposa du shit.

- Comme aphrodisiaque, dit-elle, c'est d'ailleurs plus efficace que l'ecstasy. Et c'est de l'afghan, donc le meilleur !

- Tout à fait exact, confirma Blaustrumpf.

- Notez que le shit vient du chanvre indien, soliloqua Bouchemaine, et que l'Inde est le pays du sexe et du *Kâmasûtra*. Savez-vous, au fait, que le mot *assassin* vient de *hashish*, un mot arabe ? *Cannabis*, en revanche, serait plutôt un mot persan, mais on retrouve la même racine en sanskrit...

- C'est bizarre, dit Pige-que-Couic, il n'y a pas de Gémeaux dans l'armée.

- Normal, expliqua Blaustrumpf, il faudrait s'engager !

- Voilà un signe intéressant, ponctua Parkinson en sifflant son godet.

Refoulée par un minuscule locotracteur jaune, une rame de voitures passa. Encore embuées par la respiration des voyageurs, les vitres brillaient sous les puissants projecteurs au sodium du faisceau de triage.

- Tiens, un Y 8 100, précisa Parkinson.

- Puis-je vous demander, reprit Gabacho en se tournant vers Isabelle, où vous achetez votre ecstasy ?

- Comme tout le monde. Tous les soirs après 22 heures, à deux pas d'ici, dans le parc d'où l'on voit les trains. Le parc Antonin-Artaud.

- Eh, oh, commissaire, éclata Anne-Soleil. T'es sourdingue ou quoi ? Je te l'avais dit l'autre jour.

- Non, vous m'aviez dit "le *bar* d'où l'on voit les trains". Nuance.

- Ah, tu vois bien que je te l'avais dit !

- Il y a tout de même une différence entre un bar et un parc !

Bouchemaine intervint à nouveau.

- Votre dialogue de sourds m'amuse. Allons, commissaire, vous n'avez donc pas encore remarqué que notre amie Anne-Soleil m'appelle Pouchemaine, qu'elle se moque toujours des bipes de Barkinson et qu'elle dit butain de pordel ? Bref, elle est fâchée avec les occlusives labiales. Et comme, de plus, elle oublie parfois les consonnes finales, elle ne fait pas de différence entre un parc et un bar ! C'est assez classique, d'ailleurs. Même en Inde...

- Je regrette de n'avoir pas étudié la phonétique, concéda Gabacho. Mais dites-moi, madame, vous connaissez les dealers de la ville ?

- C'est un monopole. Tout passe par la fille du maire, la petite Violette. Elle s'approvisionne au "Béraud" une fois par semaine. Le grossiste vient directement d'Amsterdam. Il n'a jamais eu de problèmes à la douane, car il se déguise en curé.

Ainsi donc, le mystère Ecstasy était résolu. L'arrestation de Violette serait facile désormais, puisque son père avait déposé le bilan. Par délicatesse, Gabacho décida qu'il attendrait la fin des obsèques pour procéder à l'arrestation. À condition que lui-même ne passât pas l'arme à gauche dans les heures qui venaient.

Le commissaire songea qu'il était temps de mettre l'assemblée au parfum afin d'essayer, par la voie démocratique - celle-là même préconisée par le TIC -, de trouver une solution à un problème apparemment insoluble : quitter "La Java Bleue" autrement que les pieds devant.

- Le problème, mes amis, est simple. Si nous attendons l'assaut, nous avons tous de bonnes chances d'y laisser notre peau. Mais je ne vois pas comment tous ces crétins nous laisseraient quitter le restaurant.

- En tant que médecin, dit Blaustrumpf, je dois souligner que mon patient Bocard, ici présent, était en état de démence au moment des faits de l'hôtel de ville. Je me sens donc moralement responsable de sa sécurité. Il est et restera sous ma protection. Même chose pour Madame Bouchemaine. La vie conjugale lui a fait perdre la raison. C'est d'ailleurs très classique ! Il n'y a pas de célibataires dans les hôpitaux psychiatriques.

Bocard se tenait la tête et répétait inlassablement un refrain incohérent: "Saoule ta poule. Roule ta boule. Moule ta moule. Moule à gaufre. Moule à Chique. Moulouya. Moulinsart". Tout occupée à rouler son pétard, Isabelle n'écoutait pas.

- Tiens, le TGV de 5 h 48 ! s'exclama Parkinson. Oh, mais c'est celui du record de vitesse ! Notez le ruban bleu sur son museau !

- Eh bien moi, j'ai une idée.

C'était Marie-Suzanne qui avait parlé.

*

Le préfet bâilla. L'aube approchait. À 6 h 59, deux policiers de toute confiance tireraient une salve qu'il serait ensuite facile d'attribuer aux terroristes de "La Java Bleue". Vingt secondes plus tard, le blindé qui piaffait depuis le milieu de la nuit en haut de l'avenue Roland-Barthes prendrait son élan. Lancé au maximum de sa puissance, il repousserait sans difficultés le 38-tonnes vers les piliers du pont. L'instant d'après, une pluie d'enfer s'abattrait sur "La Java Bleue", suivie d'un pilonnage au mortier.

*

Anne-Soleil, Gabacho, Blaustrumpf, Bocard et Isabelle avaient suivi Ahmed à la cave. Protégés par le 38-tonnes, ils n'eurent aucun mal à se glisser par le soupirail et à monter dans le camion. Anne-Soleil avait mis le casque d'Isabelle et enfilé le gilet pare-balles de Bocard. Dans trente secondes, Bouchemaine téléphonerait à *La Gazette*, à l'AFP puis au préfet. Les journalistes seraient, en fait, la seule protection de tous ceux qui étaient restés à "La Java Bleue".

*

La Martiniquaise fit le signe de la croix, mit le contact, appuya à fond sur l'accélérateur, emballa le moteur et passa la première. Le 38-tonnes, bloqué par les freins un court instant, frémit sur place, puis Anne-Soleil le laissa aller. Il bondit sur la macadam. Les premières salves éclatèrent aussitôt, mais la camionneuse avait déjà viré à droite dans l'avenue Félix-Faure qui longeait la voie ferrée. Du coup, seuls les CRS présents sur les rails pouvaient tirer, mais ils avaient peu de chance d'atteindre la conductrice. Les rafales crépitèrent sur le côté gauche du camion. Pour l'arrêter, il aurait fallu les armes lourdes, mais celles-ci avaient été concentrées sur le tablier du pont.

L'engin était déjà à 90 quand il déboula place de la gare, traversa en diagonale le parking central et remonta le boulevard Kousmine. La longue ligne droite permit à Anne-Soleil de grimper à 120. On entendait dans le lointain le hurlement des sirènes. Une minute plus tard, le 38-tonnes faisait sauter la barrière de sécurité de l'hôpital psychiatrique.

Blaustrumpf conseilla la conductrice, et le camion s'arrêta devant le pavillon des urgences aiguës, où des infirmières menaient une permanence nocturne, une seringue à la main. Bocard et Isabelle étaient sauvés. Comme Bouchemaine l'avait annoncé à la presse, ils seraient désormais sous la seule responsabilité du corps médical.

Quand Blaustrumpf ressortit, en allumant un cigare, dix voitures de police et une vingtaine de motos entouraient le 38-tonnes, et l'hélicoptère du préfet était en train d'atterrir. Le psychiatre se dirigea vers lui calmement.

- Je sais, monsieur le préfet, nous n'avons pas respecté le 50 en ville. Mais j'en prends la responsabilité. J'avais deux urgences. Un cas gravissime de bouffées délirantes par feed-back. Et une psychose d'hallucination périperpuérale par overdose. Une question de vie ou de mort. Mes deux malades sont sous sédatifs, et nous préparons les générateurs pour l'électrochoc.

Le préfet s'inclina respectueusement.

- Ne vous excusez pas. Les limitations de vitesse ne sont faites que pour le bas peuple. Je suis venu vous féliciter pour votre héroïsme et vous présenter les vœux du président de la République. Je viens de l'avoir en ligne. C'est un de vos amis, je crois...

Blaustrumpf hocha la tête.

- En effet. Nous avons un jour aimé la même femme, et c'est moi qui ai perdu. Ça crée des liens, hélas !

*

Vers midi, Marie-Suzanne laissa ses casseroles de cassoulet mijoter sur ses fourneaux. Elle s'accorda un premier apéritif, puis un deuxième. Elle se sentait bien après les aventures de la nuit. Grâce à la présence massive de la presse sur le terrain, le préfet avait dû, la mort dans l'âme - qu'il avait très pure -, renoncer à son opération Blitzkrieg. La télévision, la radio et la presse ne parlaient plus que des événements de la veille. Cinq pages de *La Gazette* étaient consacrées au carnage de l'hôtel de ville. Marie-Suzanne les survola puis, distraitement, elle regarda les résultats du loto, en sortant le billet d'un de ses tiroirs.

"La galère, c'est la galère ! Il faut que je change de lunettes". Elle se frotta les yeux. "Je dois être bourrée", pensa-t-elle. Pour la troisième fois, elle compara les numéros gagnants à ceux qui figuraient sur son billet : 6 - 8 - 9 - 19 - 22. Et soudain, la vérité lui apparut. Non, elle n'avait pas trop bu. Non, elle n'y voyait pas double: "La Java Bleue" avait décroché le pompon.

- Ahmed, cria-t-elle, Ahmed, nous avons gagné !

Quand il remonta de sa cave, elle se jeta dans ses bras en pleurant.

- Nous avons gagné au loto !

- Cinq cents francs, comme la dernière fois ?

- Ah, tiens, oui, au fait, ça fait combien ?

Elle se précipita vers *La Gazette*. Pour six numéros gagnants, le rapport était de 619 862 francs, soit, puisqu'il y avait vingt cotisants, la coquette somme de 30 993 francs par personne.

*

La nouvelle se répandit comme une traînée de poudre. Bouchemaine en oublia Laurence de toute la journée. Julie faillit laisser tomber son scalpel sur le bas-ventre d'un malade. Parkinson nota que ses tremblements avaient décuplé. L'adjudant-chef Pige-que-Couic songea qu'un bonheur ne vient jamais seul ; le midi, déjà, des journalistes, alertés par Bouchemaine, étaient venus le photographier. Le Crocodile cassa sa pipe de Zanzibar. Loupette et Anne-Soleil s'accordèrent une partie supplémentaire de jambes en l'air. Blaustrumpf, seul, parut ne pas être surpris : puisque Marie-Suzanne était un Sagittaire, comme Chirac, les planètes actuellement lui étaient favorables.

Quant à Gabacho, il ronronnait. Le préfet venait de le féliciter en personne pour sa conduite "courageuse et exemplaire", qui avait permis d'épargner la vie de nombreux innocents. Le ministre de l'Intérieur téléphona pour lui annoncer qu'il recevrait l'Ordre National du Mérite, ce qu'il refusa. Dès le milieu de la matinée, Gabacho avait procédé en personne à l'arrestation du faux prêtre néerlandais. Il en connaissait l'identité exacte depuis la réception d'un nouveau fax venu des Pays-Bas. Le Hollandais se fit sottement coincer sur le parvis de la basilique Notre-

Dame des Fleurs. Contrairement à ce que pensait Isabelle, il n'y avait pas de monopole, et Violette de Berbérac n'était qu'un des maillons du réseau.

*

Et le soir, bien sûr, le vin coula de nouveau à flots à "La Java Bleue". Marie-Suzanne avait fermé sa porte à clef et ne l'ouvrait qu'aux habitués qui avaient contribué à l'achat du billet. Chacun y allait de son petit rêve. L'un voulait acheter un grand train électrique. L'autre pensait à un voyage à Zanzibar. Le troisième parlait de refaire sa tapisserie. Le quatrième envisageait d'acheter sa première voiturette d'occasion. Julie évoqua les charmes de la patrie des frères Barberousse, l'île bleue de Mytilène, que certains archéologues considèrent comme l'ultime vestige de l'Atlantide.

- J'ai mieux à vous proposer, déclara solennellement Bouchemaine.

Il laissa passer l'express Vezin-le-Coquet-Saint-Clément-des-Baleines avant de poursuivre.

- Oui, si nous divisons ces 619 862 francs en vingt parts, nous obtenons une somme appréciable, certes, pour nous qui sommes dans la dèche. Mais cet argent, finalement, serait ainsi très vite dépensé. Je vous suggère donc de conserver cette somme et de partir tous avec moi à la découverte de l'Inde.

Il y eut un moment de silence. Puis les

applaudissements crépitèrent. Parkinson imaginait déjà la senteur, la fumée et la respiration des trains à vapeur. Rachel, justement, rêvait depuis des lustres d'étudier les castes homosexuelles. Gabacho voulait enquêter sur les communautés de travestis. Le Poisson, pour une fois, ouvrit la bouche : l'Inde aussi la fascinait puisque Durrell, son écrivain préféré, y était né. L'adjudant-chef Pige-que-Couic ignorait tout de l'Inde, mais il savait du moins que les Indiens étaient les Peaux-Rouges. Julie voulait voir de près les techniques thérapeutiques des partisans de l'âyurveda. Loupette et Anne-Soleil se frottaient les mains: les Indiennes, c'est bien connu, sont les plus belles femmes du monde. Se passant la langue sur les lèvres, Le Crocodile évoqua les pipes du Cachemire. Marie-Suzanne vanta le curry de Madras, Pastis les eaux pures de l'Himalaya et Ahmed le vin de Golconde. Michou annonça qu'il ramènerait des indigotiers et les planterait dans son jardin. Dans un souffle, La Touille susurra un message laconique et inaudible. Quart-de-Couille voulait monter sur un éléphant et Casque d'Or chasser le tigre. La Pieuvre se voyait dans le lit d'un maharajah. Martine se gargariserait avec l'eau du Gange et La Chèvre irait saluer Mère Teresa.

- Vous voyez, résuma Bouchemaine, l'avantage de l'Inde, c'est que chacun peut sans difficulté y nicher ses rêves.

- Quand partons-nous ? demanda Parkinson.

- Dès que j'aurai réglé les détails pratiques et retenu vingt billets d'avions sur la Lufthansa. J'ai une sainte horreur des compagnies foireuses. Disons en juillet pour la mousson. Cela nous changera de nos averses quotidiennes. Au fait, savez-vous que le mot *mousson* vient de l'arabe ?

- De l'ail, je veux de l'ail, gémit Parkinson.

- Personne n'aurait un briquet pour allumer ma pipe ? interrogea Le Crocodile, qui venait d'égarer celui qu'il avait subtilisé sur le comptoir.

- Bande de voyous, bande de voyous ! répétait Marie-Suzanne.

- Ce qui me plaît dans l'Inde, reprit Parkinson, c'est qu'il y a, paraît-il, beaucoup d'hommes qui vivent totalement nus. Il est difficile d'aller plus loin dans le refus de l'uniforme, et je me demande si, à mon retour...

Brinquebalant, un convoi de fret postal flambant neuf, dans sa riante livrée jaune gisserot, s'avançait lentement sur le pont, tout à l'heureuse pensée de s'arrêter à la gare, son terminus. Et pour tous les habitués de "La Java Bleue", grisés de bonheur, il n'y avait aucun doute : en un tel jour, ce train postal venu du bout du monde - et peut-être même des villes englouties -, ne pouvait que transporter des lettres d'amour.

MICHEL RENOUARD

REMERCIEMENTS

Mon ami Pierre Le Corre a suivi pas à pas, ligne après ligne, la rédaction de ce roman. Qu'il trouve ici l'expression de ma profonde gratitude.

M.R.